後宮の寵姫は七彩の占師

～月心殿の貴妃～

喜咲冬子

STARTS
スターツ出版株式会社

目次

一途な
完璧皇帝
宋《そう》明《めい》啓《けい》
かつて呪いに倒れた双子の兄弟に代わり皇帝を演じていた明啓だったが、正式な皇帝となり冷静に国を導く。でも翠玉の前では愛を惜しみなく注ぐ溺愛夫と化す。
不遇の
異能貴妃
江《こう》翠《すい》玉《ぎょく》
呪いを解くためだけの偽装夫婦だったはずが、明啓から熱烈に求婚されて入宮した翠玉。でも、異能のせいで疎まれて…ご懐妊が翠玉の運命を変える!?

中原《ちゅうげん》の北半分を百五十年にわたって治めた宇《う》国は、南から招いた異能《いのう》の三家《さんけ》を従えていた。

裁定者たる江《こう》家。

守護者たる劉《りゅう》家。

執行者たる陶《とう》家。

この宇国を滅ぼしたのち、康《こう》国を建てた高祖《こうそ》は、三家の一族をことごとく殺した一方、異能の者たちの呪いを恐れた。そのため、わずかな子孫に父祖《ふそ》の霊を慰《なぐさ》めるよう命じたのである。

それから、二百年。三家はついに長年負わされた〝罪〟の頸木《くびき》から解き放たれた。

裁定者たる江家の末裔《まつえい》として生《せい》を受けた私は、康国第十六代皇帝の妃《きさき》となった。

――月心殿《げっしんでん》の寵姫《ちょうき》。人はそのように私を呼ぶ。

愛に満ちた幸せな日々。唯一の悩みの種は、いまだ訪れない懐妊の兆し。

そこに、新たな妃嬪が迎えられるとの噂《うわさ》が聞こえてきて――

後宮の寵姫は七彩の占師

～月心殿の貴妃～

序　月心殿の寵姫

漢典《かんてん》七年七月の、一夕《いっせき》の刻。

カーン……

細く鐘の音が響く。

政務を終えた皇帝が、外城《がいじょう》から内城《ないじょう》へと戻る時間だ。

ここは天錦城《てんきんじょう》。中原《ちゅうげん》の北半分を統べる康《こう》国の政治の中心であり、皇帝の居城でもある広大な城だ。

山吹色の瓦《かわら》は夕日に鮮やかで、白い石畳は清らかである。

外城は政治を司る場所。天錦城全体の九割の面積を占める。

その外城の中央の、塀で囲まれた空間が内城だ。皇帝と皇后、あるいは妃嬪《ひひん》らの住まいで、後宮《こうきゅう》、と多くの人は呼ぶ。

美しい殿と庭園とが配された、古今、多くの悲喜劇《ひきげき》を生んできた場所だ。

その後宮の北側には、皇帝の住まう斉照殿《せいしょうでん》がある。

斉照殿と対となっているのが、皇后の住まいたる月心殿《げっしんでん》。――ここに江翠玉《こうすいぎょく》は住んでいる。

今、後宮を住まいとする皇帝の妃嬪は、翠玉ひとり。

だが、翠玉自身の位は、貴妃《きひ》だ。皇后ではない。

皇帝の妻は皇后のみ。他の妃嬪は側室である。その差は明確だ。

貴妃が住まうべきは、月照殿の南側にある九殿のうちの一殿。それも四つの房《ぼう》のひとつだけのはずだ。しかし皇帝の意思で、翠玉は月心殿の主となった。

月心殿は、格調高い建物だ。調度品は、月の光を思わせる優雅な曲線を描いており、ところどころに銀の細工が施されている。皇帝の住まいと同等の広さを誇り、四季の移ろいで趣《おもむき》を変える中庭も含め、後宮でもっとも美しい、と人は称える。

――月心殿の寵姫。

そのように翠玉を呼ぶ人もいるそうだ。

間もなく、斉照殿で着替えを終えた皇帝が、月心殿にやってくる。

客間にいた翠玉は、外の物音に気づき、座っていた窓辺の長椅子から腰を上げた。

大きな瞳と、しっかりとした眉。翠玉の丸く小作りな顔は、小柄で細身の体形もあいまって、十八歳という年齢よりもやや幼く見える。

袍《ほう》は、自身の名にあわせた翡翠《ひすい》色。月の光を思わせる銀糸の刺繍《ししゅう》がふんだんに施されており、涼やかでいて、華やかでもある。

頭を下げると、銀の髪飾りが目の端で揺れた。

聞こえる足音はやや早く、それが翠玉には嬉《うれ》しい。

精緻《せいち》な刺繍の施された沓《くつ》が見えたのを合図に、翠玉は頭を上げた。

「翠玉。今帰った」

涼やかな目元の、背の高い青年。彼がこの国の第十六代皇帝・宋明啓《そうめいけい》だ。

いったん斉照殿で着替えているので、ごく軽装だ。冕冠《べんかん》も脱ぎ、龍の袍も身につけていない。月心殿に来る時の彼は、書生のような身軽さである。

「お帰りなさいませ、明啓様」

後宮において皇帝の呼称は多々ある。しかし、明啓自身の希望で、翠玉は夫を字《あざな》で呼んでいた。

翠玉は、とても小柄だ。この距離で夫と目をあわせるには、顔を思い切り上げなくてはならない。

少しだけ明啓がかがんで、上を向く翠玉の額に口づける。

「俺の愛しい妻。――変わりはなかったか？」

明啓の問いに、翠玉は長い睫毛《まつげ》に縁どられた大きな目を細めた。

こうして惜しみなく愛を口にする夫が、愛おしくてならない。

「はい、変わりありません。今日も一日、お疲れ様でした」

翠玉の労《ねぎら》いに、明啓は笑顔でうなずき、手を差し出した。

その大きな手の上に、自分の小さな手を重ね、食堂へと歩いていく。

即位から一年。ふたりの婚儀からも、同じだけ経っている。

明啓は毎日欠かさず、政務が終わると月心殿にやってきた。どんなに忙しくても、天候が悪くとも、それだけは変わらない。

顔をあわせ、微笑みを共有し、会話をしながら食事をする。

食事のあとは、茶を飲んで過ごし――

「さて、そろそろ休むとしようか」

並んで座っていた長椅子から、明啓が立ち上がった。

そうして「おいで、翠玉」と笑顔で手を伸ばす。

「明啓様……」

手を重ねれば、明啓はかがんで、翠玉をひょいと横抱きにした。

翠玉はしっかりと夫の首にしがみつく。明啓の動作はいつも優しく、落ちる心配をしたことはないが、間近で顔を見つめるのが面映ゆいのだ。

婚儀から一年経っても、恋に落ちた日のときめきは色褪せない。

――出会いは、二年前。

ある目的のために、身代わりの皇帝だった明啓は、後宮内での調査が必要だった翠玉の入宮を装った。あくまでも、作戦の一環として。

思い返せば、無茶をしたものだと思う。

だが、今や明啓は皇帝になり、翠玉も殿を得て妃となっている。

不思議な縁だった。

人生はなにが起こるかわからないものだ。

偽りの関係が、真実の愛をもたらしたのである。


——その、翌朝。

翠玉は牀《しょう》の上で、手をさまよわせた。

温もりに触れない。

滑らかな絹の寝具は、ひんやりと冷たかった。

目を開け、やはりそこに明啓がいないのを確認し、ため息をつく。

「おはようございます、翠玉様」

寝室に入ってきたのは、侍女の一穂《いちほ》だ。

優しい顔立ちの、翠玉よりひとつ年上の侍女である。

彼女が着ているのは、桜色の袍だ。康国においては、枝垂桜《しだれざくら》は破邪《はじゃ》の力を宿すものとされている。皇帝と皇后の住まいを守る女官たちは、皆、桜色の袍を着ている。——翠玉は、皇后ではないのだが。

二年前、翠玉と明啓が出会うきっかけとなった呪詛《じゅそ》事件で縁ができた。その後、一穂本人の希望で、婚儀以来、侍女として仕えてくれている。

年配の侍女や女官たちは、翠玉を正しく教育しようと口うるさいが、彼女は違う。

宋家に直接仕える一族だとかで、そのせいか、とても自由だ。

「おはよう、一穂。明啓様は、斉照殿にお戻りになったの？」

「はい。夜半に戻られました」

「そう……」

明啓が、朝まで月心殿にとどまることはほとんどない。

短い仮眠のあとは斉照殿に戻り、政務を続けているのだ。

——ちくりと胸が痛む。

「ご政務が残っていらしたのだと思います。ご多忙でございますもの」

「……お身体が心配だわ」

窓が開き、中庭から涼しい風が入ってきた。

広い中庭には、淡い朱鷺《とき》色の芍薬《しゃくやく》が咲いている。

いつかの占いで示された、未来の色だ。

占い——というのは、翠玉自身が行ったものである。

後宮の妃嬪としては異例ながら、婚儀以前は市井の占師をしていた。幼い頃に実母は他界。のちに義母と父とを相次いで亡くし、義母の忘れ形見の弟を、女手ひとつで育てていたのだ。

住まいは、広い邸《やしき》などではなく、下町の下馬路《げばろ》の長屋だった。

さらに異例であったのは、その出自だろう。

翠玉は、康国の高祖によって族誅《ぞくちゅう》の憂《う》き目にあった一族の末裔である。

江家。劉《りゅう》家。陶《とう》家。

人は、康国建国以前に栄えた宇《う》国の高祖が、南から連れてきた異能の一族を三家と呼んだ。

その三家の末裔である翠玉も、異能を持って生まれている。

代々伝わる占いの技術で、翠玉は生計を立てていたのだ。

三家の末裔の娘と、三家を罰した宋家の皇子。

翠玉は占師で、明啓は客。

ふたりの縁はそのようにはじまった。

そして、占った明啓の未来として現れた彩りが、愛による幸せを示す淡い朱鷺色であったのだ。

（理想の未来を得られた……はずなのに。私は欲深いわ）

ある意味において、翠玉は多くを得た。

住まいは雨漏《あまも》りのする長屋から、後宮でもっとも美しい殿へ。

つぎはぎだらけの煤《すす》けた衣類は、きらびやかな絹織物に変わった。

食事に困ることもなくなり、弟の将来への不安も消えた。今、弟は郷試《ごうし》を終え、国試に向けて勉学に励んでいる。

二百年縛られた因縁から解放され、不当な差別も受けずに済むようになった。傾き、今にも崩れそうだった廟《びょう》も、小さいながら再建できた。

その上、想う人に望まれてここにいる。

（そうよ、望みすぎてはいけない。満足すべきだわ）

愛に満ちた日々に、わずかにさした影。

心に抱えたもやもやしたものからは、目をそらすのが正しいのかもしれない。

「翠玉様。さ、お食事にいたしましょう」

運ばれてきたのは、朝食の粥《かゆ》だ。

皇帝の訪《おとな》いを受けた妃嬪は、牀の上で食事をとるのが後宮の慣習である。腿《もも》の上をまたぐ形で、足つきの膳が置かれた。

「いただきます」

手をあわせ、匙《さじ》を手に取る。

一穂はこういう時、年配の侍女のように『お子を授かるには、精をつけねばなりません』とは言わないので気が楽だ。

「翠玉様。離宮へ避暑にいらっしゃる件、陛下にご相談なさらなかったのですか？」

「言うつもりだったんだけど……なんとなく、言えなかったの。お忙しそうだし、つまらないことでお気持ちをわずらわせたくなくて」

「また、ご遠慮ばかりなさって。先日も、お書きになった書《しょ》をお見せするはずでございましたのに……」

「ご多忙だもの。お邪魔をしては悪いわ」

翠玉は、困り顔で微笑んだ。

即位以来、明啓は一心不乱に働き続けている。

父がやり残し、弟の洪進《こうしん》が継げなかった様々な政策を次々と形にしていた。

若き皇帝の果断さは、世を明るくするだろう。

この国は、明啓を必要としている。いずれ名君《めいくん》として歴史に名を刻む人だ、と翠玉は信じていた。

外城の政治に、翠玉の出番はない。せめて夫の心をわずらわせまい、と思うがゆえに、翠玉は大抵の言葉を呑みこむようになっていた。

――変わりありません。何事もございませんでした。

出会ってすぐの頃は、多くの会話があった。とても、多くの。

翠玉はよく喋《しゃべ》ったし、明啓も嬉しそうに聞いていた。

それがいつしか、役人の報告じみた言葉しか出なくなり、明啓の話に小さな相づちを返すだけになってしまった。

「私から、清巴《せいは》様に申し上げましょうか？」

清巴は、斉照殿を守る宦官《かんがん》だ。

中常侍《ちゅうじょうじ》の職にあり、後宮にいる宦官や女官の束ねである。明啓が生まれた時から、側近くに仕えてきた腹心だ。その信頼は厚い。

離宮に避暑へ行くとなれば、彼に頼むのが一番早いだろう。宮廷における煩雑《はんざつ》な諸々の手続きを、誰より素早くこなしてくれるからだ。

だが、翠玉は「いえ」と一穂の申し出を断った。

「……明日、私から直接、明啓様にお願いしてみるわ」

翠玉は、強く望まれて明啓の妻になった。翠玉自身も、心から望んでの婚姻だった。

だが、必ずしもすべての人々が、ふたりの結婚を歓迎していたわけではない。

それもしかたない、と翠玉は思っている。出自の異質さは、自分でもよくわかっていたからだ。

ふたりの仲さえ揺らがなければ、いずれ周囲にも理解される日がくるだろう――と信じていた。

しかし――

ほんの少し、歯車が噛《か》みあわなくなっている。

そのきっかけに、翠玉は気づいていた。

今年の正月のことだ。

以来、明啓は朝まで月心殿で過ごすことがなくなった。翠玉の口数も減っている。

入宮直後の妃嬪は、位階が定まっていない。

昨年夏の婚儀ののち、正月までの間、翠玉は江夫人と呼ばれていた。

位階が正しく決まるのは、最初に迎える正月だ。

年の暮れに行われる高官らの会議で決定し、当人たちが知るのは、先祖の霊が眠る郊廟《こうびょう》への参拝の際である。供える線香が入った桐の香箱《こうばこ》に、決まったばかりの位階が印されている。

明啓は、翠玉を皇后に立てようとしていた。

――皇帝の妻になってもらいたい。

それが、明啓の求婚の言葉であったくらいだ。

皇帝の妻とは、皇后に他ならない。

だから参拝の当日まで、不安はなかった。

負う責任への緊張こそあったが、立后自体は行われると思っていたのだ。

しかし――

翠玉が手に取った香箱には【江貴妃】と書かれていた。

皇帝の望みを、外城の高官たちが認めなかったということだ。

──三家の女は、皇后に相応しからず。

どこかから、声が聞こえたような気がした。

あの時の明啓の落胆ぶりは、今も記憶に鮮明である。

それでも明啓は、翠玉を唯一の妻として、皇后同然の扱いを続けている。

月心殿に住まう貴妃、という不思議な存在は、そのような経緯で誕生した。

明啓は、この挫折《ざせつ》に負い目を感じている──らしい。はっきりと言葉で聞いたわけではないが、他に考えられない。

内城で夜更けまで仕事をし、夜明けには外城に向かう。文字どおり政務漬けの日々である。

翠玉は明啓の健康が心配なのだが、口出しもしにくい。

夫の負う荷を、共に負いたい──と思う気持ちだけはあるのだが。

毎日顔をあわせるからこそ、逆に遠い。互いに愛情をもって接しているからこそ、一度開いてしまった距離の縮め方がわからなかった。

「離宮で、ゆっくりできるとよろしいですね」

「そうね。少し……疲れたわ」

こぼれたため息は、ひどく重くなった。

懐妊の兆しは、いまだない。これも翠玉にとっては悩みの種だ。

別の妃嬪を迎えられては——迎えた妃嬪の中から皇后を正しく選ぶべきでは——という外城の声は、翠玉の耳にもしばしば届く。

——離宮に避暑にいらしたら？

姜《きょう》太妃から、そんな誘いがあったのは、半月ほど前だ。

彼女は、明啓の弟——表向きは兄ということになっている——の、貴妃であった人である。翠玉が最初に会った時は入宮直後であったため、姜夫人、と呼ばれていた。

極北を拠点とする姜家の娘で、以前は九殿のうち菫露殿《きんろでん》に住まっていた。すらりと背の高い、可憐《かれん》な印象の美しい人だ。縁は、今も続いている。

——後宮は息がつまるでしょう？

彼女は今、姜太妃、と呼ばれている。

皇帝が崩御《ほうぎょ》や出家した場合、皇后と子を持つ妃嬪らは、後宮にとどまるのが慣例だ。他は、すべて髪を下ろして出家する。

洪進は、二年前の事件で心身の健康を害し、出家を望むようになった。

出家を思いとどまり、明啓への譲位の末に上皇となると決めたのは、ひとえに周囲の労わりある説得があればこそだった。

そのため、姜太妃は髪を下ろさずに済んだ。

今は夫の洪進と共に、離宮で静かに暮らしている。

姜太妃懐妊の報せがあったのは、半年ほど前であった。

さらにその三ヶ月後には、同じく離宮で暮らす周《しゅう》太后の懐妊も明らかになった。

めでたいことである。

先帝、と呼ばれる第十四代皇帝は、多くの妃嬪を次々と迎えたが、明啓と洪進の双子以外の男子に恵まれなかった。

後継者不足は、宋家の深刻な問題だ。

明啓は即位にあたり、上皇と自身の子を等しく扱う、と宣言している。

そこに立て続けに入った太妃と太后懐妊の報は、琴都《きんと》を明るくした。

翠玉も、心から喜んだ。だが――まだ懐妊の兆しのない身としては、彼女たちの境遇が眩《まばゆ》い。目を開けていられないほどに。

めでたい、と喜び、出産の無事を祈りつつも、うらやむ気持ちは抑えきれない。

だから、姜太妃の誘いを受けた時も、応じるつもりはなかったのだ。

しかし最近になって、その誘いに魅力を感じはじめている。

（たしかに、後宮は息がつまるわ）

年配の侍女は口うるさく、子が授からないのは翠玉の努力が足りないからだ、と言わんばかりの責め方をする。説教から逃げたい、というのが理由のひとつ。

（それに、私が後宮を出れば、明啓様も余計な時間を取られないだろうし……）

明啓は、常に多忙だ。翠玉のもとで朝まで過ごしていた昨年までとは違い、十分な休息を取れているとは思えない。

本人に伝えたところで、無理はしていない、と返ってくるだろう。

翠玉がいる限り、明啓は毎日訪ねてくるし、夜更けまで政務を続ける。

自分と過ごしていた時間を休息にあててほしい、というのが、離宮行きを望む理由のふたつめだ。

(例の件も……私がいない方が話の進みも早いでしょうし……)

妃嬪の住まう九殿に、宦官らが出入りしている――と耳にしたのは、ちょうど姜太妃からの手紙が届いた頃だった。

九殿は、翠玉が住んでいるはずの場所だ。

先帝の時代にはすべての殿が埋まっていたというが、今は先帝の時代以前の妃嬪やその子供たちが、万緑殿《ばんりょくでん》に住むばかりである。

その九殿に手を入れるからには、新たな妃嬪を迎える話が、水面下で進んでいるのではないか――と翠玉は推測していた。

人が妃嬪に期待する役割は、次代の皇帝を産むこと以外にない。婚儀から一年経って懐妊の兆しがなければ、次の話が出るのも当然である。

新たな妃嬪を迎える、という話を、翠玉はまったく聞いていない。

明啓からも、清巴からもだ。

九殿の準備が進む中、知らぬふりを続けるのがつらい。

(明啓様を問いつめるなんてこと、絶対にしたくないもの)

朱鷺色の芍薬に目をやって、またも翠玉はため息をつく。

このところ、気づけばため息ばかりだ。

「翠玉様。離宮に、詩英《しえい》さんは随行させますか?」

「……一穂と、五穂《ごほ》だけでいいわ」

一穂の問いに、翠玉は小声で答えた。

五穂は、一穂と同様の経緯で翠玉の侍女となった娘だ。

詩英というのは年配の口うるさい侍女の筆頭で、翠玉はどうにも苦手である。

「承りました。その方が、気楽でよろしいですね」

一穂は「私も気楽です」と苦笑していた。詩英は、一穂や五穂を目の敵にしているので、一穂の言いたいことはよく理解できる。

せっかくの避暑だ。暑さだけでなく、説教からも解放されたい。

――翌日、翠玉は清巴に離宮行きの相談をし、その日のうちに手続きは済んだ。

そして――

離宮に到着するなり、翠玉は「お産がはじまりました！」「姜太妃が、産気づかれて……」と知らされて仰天《ぎょうてん》した。

(予定は半月先だとうかがっていたのに……ずいぶん早いわ)

初産は、概して重いものだ。時期が予定よりも早いならば、なおさら大変だろう。

こんな時、翠玉にできることなどなにひとつない。

東翼殿《とうよくでん》の客間を、うろうろと歩き回るばかりだ。

琴都城外の西側にあるこの離宮は、白鶴宮《はっかくきゅう》、という名がついている。

明啓と洪進が育った場所であり、今は上皇になった洪進の住まいでもあった。

上空から見れば、鶴が羽ばたいたような形に三つの建物が配されており、洪進の住まいは西翼殿《せいよくでん》。母屋が黄嘴殿《おうしでん》。明啓が利用できるよう、空けてあるのが東翼殿だ。

母屋をはさんだふたつの殿は、それぞれ池の浮島《うきしま》上にあり、瀟洒《しょうしゃ》な赤い渡り廊下でのみ繋《つな》がっている。

双子の男子を、ひとりの皇太子として育てた場所だけあって、人の出入りの管理がしやすい造りだ。

殿と殿の移動も厳しく制限され、夫の同伴のない翠玉は、この東翼宮から出ることができない。

対して西翼宮に住まう女たちは、東翼宮の主が不在のため、出入りも自由だ。

「落ち着かない人ね。貴女がそわそわしたって、なにも変わらないわよ」

客間の古めかしい長椅子の上で、ゆったりと扇子《せんす》を動かしているのは周太后だ。上品な顔立ちで、手足がすらりと長い。つんととがった鼻は、彼女のすまし顔を魅力的に見せている。

その金の刺繍が華やかな白い袍の下で、腹部が豊かに膨らんでいた。産み月は秋と聞いているが、もう身じろぎするのも重そうにしている。

「……たしかにおっしゃるとおりですけれど。やはり、落ち着きません」

翠玉は、先ほどから客間をうろうろしていた。

月心殿の三倍はある大きな客間には、書画の大作がいくつも飾られている。

竹林と虎の絵の前を、もう何度横切っただろうか。

「お産なんて、誰でも通る道じゃないの。大騒ぎしたってはじまらないわ」

自身にもその時が迫っているというのに、周太后は余裕のある発言をした。

だが、先ほどは扇子を逆に開こうとしていたので、口で言うほど落ち着いてはいないと見える。

「ご無事を祈るしかありませんね。廟にお参りでもしてきましょうか……」

この離宮の庭の端には、宋家の廟がある。諡《おくりな》の書かれた宝牌《ほうばい》があるだけの小さなものだが、ここで祈るよりも効《き》き目はありそうだ。

「よした方がいいわ。どんな疑いをかけられるやら、わからないじゃない」

思いがけない言葉に、翠玉はぴたりと足を止めていた。言葉の意味を、やや間を置いて理解する。

三家の末裔である翠玉が祈りなど捧げては、誰ぞが呪詛だと誤解する――と周太后は言ったのだ。

なにゆえに、二百年前に滅びた宇国は三家を重用したのか。

なにゆえに、二百年前に三家は族誅の憂き目にあったのか。

それは、三家が異能を有していたからだ。

繁栄と没落は、表裏一体。

異能は三家を繁栄に導き、のちに族誅をも招いた。

生き延びた者たちは罪と則を課され、貧しさの中で多くが死んでいった。だが、その異能は宋家を助けもし、二年前には三家を罪から解放させている。

翠玉を貴妃の座に導いたのもまた、異能の功であった。

望むと望まざるとにかかわらず、三家の人間として生まれた、という事実は翠玉の運命に強い影響を与えている。

今もそうだ。罪から解放されてもなお、影響は続いていた。

「そ、そんなことはいたしません。だいたい、私には呪詛などできませんし……」

「わかってる。私も、姜太妃もね。もちろん洪進様も。ただ、私、耳はいいのよ」

耳がいい、というのは、人脈に基づいた情報収集能力が高い、という意味だ。周太后は、離宮にいながらにして多くの情報を日々手にしている。

その周太后が言うのだから、実際に存在するのだろう。――江貴妃が、呪詛を行いかねない、という懸念は。

（二年前の事件で、呪詛を暴いたのが三家の異能なら、呪詛をかけたのも三家ですもの。どちらもまとめて恐れられるのも無理はないわ）

裁定者たる江家は、占いを。

守護者たる劉家は、護符を。

執行者たる陶家は、呪詛を。

それぞれの家の末裔たちは、種類の違う異能をとどめている。

江家の翠玉は、護符も書けず、呪詛もできない。だが、外から見た自分たちが、異能の者とひとくくりにされているのは、翠玉も理解していた。

「そこまで……人は私を疑いますでしょうか？」

「そりゃそうよ。私たちが皇子を産んだら、一番面白くないと思うのは貴女に決まってる――と人は思うわよ。洪進様と陛下は、互いの子を等しく扱うとお決めになられているんですもの。その上、貴女は貴妃なのに月心殿に住んでいるのよ？　貴族が娘を入宮させるのに、どれだけの金銭を費やしていると思ってるの？　皇帝の后妃《こうひ》の座を狙う家の野心を、貴女がたの愛が潰しているってわかってる？　恨みは陛下じゃなく、貴女に向かうわ。非の打ちどころのない存在ならともかく、怪しげな噂がつきまとう下町育ちの女なら、かっこうの餌食《えじき》よ。後ろ盾だってないんだし」

月心殿の寵姫。その言葉には、皇帝の寵を笠にきて、分をわきまえずに多くを望んだ悪女、という印象がつきまとう。

「恨まれて当然……ですか」

周太后の言葉が、ずんと胸に響いた。

「そうよ。いい加減、自覚をもって行動なさいな。外城に嫌われて御簾《ぎょれん》裁判にでもなったら、身を滅ぼすわよ」

耳の痛い話だが、周太后の指摘は的を射ている。

御簾裁判。

外城の諸臣が、後宮の妃嬪を糾弾《きゅうだん》するために行う裁判だ。

妃嬪の政治への介入を防ぐことを目的とし、一定の官位以上の高官十名の要望で開催が決まる。

後宮の南門において、裁かれる妃嬪と裁く高官らとの間に、大きな簾《すだれ》を下ろすところからその名がついたそうだ。

一度裁判になれば、ほとんど冷宮《れいぐう》行きが決まったようなもの。冷宮は、古来罪を犯した妃嬪や女官らが幽閉されてきた場所である。

「私は、なにも……悪事など働いた試しはございません」

過去の例では、奢侈《しゃし》が度を越し国を傾けた、身内を極端に重用し政治を混乱させた、大規模な収賄《しゅうわい》事件を起こした、嫉妬から他の妃嬪を何人も殺した、といったような罪が裁かれたそうだ。

翠玉自身は、そのような悪事と無縁である。

なにせ、隆盛の末に族誅の憂き目にあった三家の末裔だ。身を慎むのが最大の保身だと、物心ついた時から知っている。

婚儀以降、できる限りのことはしてきたつもりだ。康国の歴史を学び、礼儀作法や、茶や楽器といった、これまで縁のなかった教養も広げようと努めてもいる。小規模ながら、慈善活動も続けていた。

明啓が賢明に政務に打ちこむのと、きっと同じ理由なのだろう。自分たちは、暗君と悪女ではない、と示そうと必死になっているのだ。

翠玉が悪女ならば、明啓は暗君になる。

明啓が暗君ならば、翠玉は悪女になる。

それだけは避けたい。

互いを思えばこそ必死になり、結果としてふたりの間には、溝ができてしまった。

「わかってる。でも、外城の男たちは火のないところに煙を立てるのが得意なのよ。人の噂ほど怖いものはないわ。気をつけることね」

「……姜太妃は、噂から守るために私を招いてくださったのですね」

急にも思えた、離宮への招きの理由を、翠玉は察した。

あえて出産直前に招くことで、互いの間に遺恨はない、と人に示そうとしてくれたに違いない。

「まぁ、急なお産になったから、場合によっては裏目に出てしまうかもしれないけれど。だから特殊な祈りなんかしないで、ここで一緒にオロオロしてたらいいのよ」

やや棘《とげ》のある物言いだが、そこには優しさがにじむ。

「ご配慮、ありがとうございます」

心から、翠玉は礼を伝えた。

すると周太后は、表情をふっと緩める。

「貴女には感謝してるのよ、本当に。洪進様が出家なさるとおっしゃった時、私たちにはどうすることもできなかった。悲しくて、空しくて、あの頃は毎日泣いてたわ。後宮にとどまる道もあったけど、夫の洪進様が出家するのに、妻の私だけ残るなんて世間体が悪いじゃない。私も、姜太妃も、髪を下ろすしかないと思ってた。……貴女が助けてくれたんでしょう？」

洪進の気鬱は、一時期とても深刻だった。

二年前の呪詛事件の衝撃で、譲位を決めるまでの半年ほどは、牀から出られぬ日も多かったと聞いている。出家をいったん諦めてからも、何度か『やはり出家する』と言いだしていたそうだ。

それを懸命に説得したのが、明啓だった。

周太后の言うとおり、翠玉も口添えしている。

「いいえ、私はなにも。説得なさったのは明啓様です。ただ、先の事件で、周太后や姜太妃のご助力が、どれだけ解決の助けになったかをお伝えしたに過ぎません。上皇様がお心を動かされたのだとしたら、おふたりのお力です」

二年前の呪詛事件で洪進を救ったのは、広大な天錦城を守る兵士でも、康国一の勇者でもなかったのは紛れもない事実である。事件を起こしたのも後宮の女だったが、解決まで奔走《ほんそう》したのもまた、後宮の女たちであった。

伝えねば、と思った。

それが幸いにして、洪進が出家を思いとどまるきっかけになったのだ。

ほとんど会話らしきもののなかった洪進と后妃たちは、その時はじめて多くの言葉を交わした——と明啓に聞いている。

その後、洪進は譲位を決意したのである。

「貴女のおかげよ。本当に感謝してるわ。――今、私は幸せなの。この幸せは、髪を下ろしていたら絶対に得られなかったもの」

周太后は優しく笑んで、腹の膨らみを撫《な》でた。

以前は、どちらかといえば挙措《きょそ》に緊張感が漂う人であったように思う。

言葉どおり幸せそうな様子に、翠玉も穏やかな笑みを浮かべる。

「私の力など、なにほどでもございません。けれど、おふたりがお幸せそうでなによりです」

「あぁ、そうそう。幸せな私の話はいいの。問題は貴女」

ぴしり、と扇子が翠玉の方に向く。

鋭さを取り戻した動作に、翠玉はどきりとした。

「……はい。そうですね。いろいろと問題はあります」

「貴女が無害だってことを、外城に示していくしかないわ。――一番いいのは、お子を産むことよ。それができないなら、新たに妃嬪を迎えていただくべきだと思うわ。皇后位だって空いているんですもの」

周太后の言うとおりだ。それが人の恨みをかわす手段になるだろう。

子を産んで周囲を黙らせるか、別の妃嬪を認めるか。ふたつにひとつだ。

「……そうですね」

あの明啓が、新たな妃嬪を迎えたい、と自ら言いだすはずがない。彼は翠玉を唯一の妻、と呼ぶ人である。

だから、翠玉の方から提案すべきだ——と周太后は言っているのだ。

理屈は理解できるが、きりきりと胸が痛む。苦しい。考えただけで、涙がこぼれそうになった。

葛藤は、顔に出ていたようだ。周太后が苦笑する。

「嫌ね。まだ来てもいない新参者相手に、牙を剥きだしにするものではないわ。いいじゃない、後宮が賑《にぎ》やかになるんですもの。悪くないわよ？　姜太妃が懐妊したと聞いた時は、そりゃあ私だって心穏やかじゃなかったけれど、彼女と一緒にいられてよかったと思ってるわ。姉妹みたいなものだし、最後に頼れるのはお互いだってわかっているから」

周太后は、穏やかに笑んでいる。

だが、簡単にはうなずけない。

（私には無理だわ。こんな風には笑えない）

周太后に余裕があるのは、姜太妃の懐妊判明から、わずか三ヶ月で自身も懐妊したからではないのだろうか。

もし――と翠玉は頭の中で想像する。自分よりあとに入った妃嬪が、自分よりも先に懐妊したとしたら――地獄のような苦しみに身を焼かれるだろう。耐えられる自信がない。

（それでも、康国のことを考えたら……私が耐えるべきなのだけど……）

翠玉は、うつむいて吐息を漏らす。

「たしかに、私から明啓様にお伝えするべきなのかもしれませんね……国のためにも」

「貴女自身のためでもあるわよ。自分から言った方が、痛みは少ないでしょう？――あぁ、そうそう。忘れるところだったわ。姜太妃が、貴女を呼んだ理由。本当に話があったみたいなのよ。先日、実家から報せがあったとかで」

「なんでしょう？　お急ぎの用でなければよいのですが」

翠玉は眉を寄せ、渡り廊下の向こうの西翼宮のある方向を見た。もちろん、お産の最中の姜太妃の姿が見えるはずもないのだが。

「三家の一族って、貴女がたの他にもいるの？」

思いがけない問いであったので、翠玉は目をぱちくりさせながら周太妃を見た。

そして、すぐに細かく首を横に振る。

「いえ。江家も生き残りはわずかですし、劉家も同じです。陶家も――彼女以外いないと聞きました。族誅から二百年も経っておりますし、他にいるとは思えません」

彼女、とあえて言葉を濁したのは、陶家の末裔の呼称に迷ったからだ。

出会った時、彼女は徐夫人《じょふじん》、と呼ばれていた。陶家の娘に生まれた彼女は、徐家の養女として入宮している。

今はもう徐氏でもなく、夫人でもない。

徐家に養女に入るより前は、呉娘《ごじょう》、と呼ばれていたそうだ。その名で呼ぶべきだったかもしれない、と言い終えてから気がついた。

「康国にいないのは聞いていたけれど、他の土地には？　本拠地みたいなところがあったりはしないの？」

盗賊のねぐらの話でもするかのように、周太后は重ねて問うた。

だが、やはり翠玉は首を横に振るしかない。

「宇国の高祖から要請を受け、三家は一族を挙げて北へ移った、と聞いています。もし帰る場所があるのなら、飢えて死ぬ前にそちらへ逃げていたでしょう。考えにくいです」

「まぁ、そうね。頼れる親類がいるなら、頼るものよね」

「そうだと思います。……けれど、どうしてそんなお話を？」

「……姜太妃が言っていたのよ。姜家の支配下にある極北の港で、春頃に三家のことを聞き回っていた集団がいたそうなの。南から来たらしいわ。小柄で、目が大きくて、眉が太くて。そろって童顔だったって言っていたわ。親戚ってことはない?」

ない——とはっきり答えたいところだが、翠玉は南方に関しての知識がない。

三家は、南を拠点としていた異能の一族だ。三百五十年前に、宇国の高祖に招かれ、二千里以上も離れた、この北の地までやってきた。

知っているのは、それだけだ。

三家が拠点としていた土地のことも、他に仲間がいたかどうかさえも知らない。

「聞いたことはありませんが、念のため、伯父に聞いておきます」

「そうしてもらいたいわ。……さ、薬師が来るから私は戻るけど、くれぐれもひとりにならないでちょうだいね。おかしな噂は困るわ」

「……ありがとうございました。周太后」

周太后は「私たちは姉妹だもの。助けあわなきゃ」と笑顔を残し、腹を重そうに抱えて帰っていった。

(三家の……末裔が他にもいる? 考えたこともなかったわ)

宇国の高祖に招かれた際、一族の方針に従わなかった者がいたかもしれない。

宇国滅亡の際、秘かに逃げた者がいた可能性もある。

(本当にいるのかしら。……私たちの仲間が)

この時、翠玉の感情は複雑だった。

もし仲間がいるならば、素直に嬉しい、と思う。異能を持つがゆえの孤独が、癒《いや》されるような気がしたからだ。

だが、彼らがなぜ康国に来たのか、目的がわからない。

敵か、味方かも。

窓辺から庭の池を眺めながら、翠玉の目は遠くを見ている。

池にかかる、黄嘴殿へと続く赤い渡り廊下は美しいが、意識には上らない。

（いるのなら、会ってみたい。聞いてみたいことが山ほどあるわ）

そうして物思いに捕らわれている間に、

「江貴妃」

聞きなれぬ声に呼ばれて、ハッと翠玉は声のした方を見る。

そこに、娘がいた。

曙《あけぼの》色の袍が鮮やかな、小柄な娘だ。

「……どなた？」

「はじめてお目にかかります、江貴妃。私、曹《そう》家の華々《かか》と申します」

美しい娘は、にこりと笑んだ。――花のほころぶがごとく。

第一話　呪詛の兆し

愛らしい娘だ、と翠玉《すいぎょく》は思った。

ふっくらした頬に、円《つぶ》らな瞳。長い睫毛。

小柄だが、翠玉よりもやや上背はある。

年齢は、十六か、十七くらいだろう。

自分よりも年若で、美しく魅力的な娘。そうと認識した瞬間に、翠玉の心はひどく乱れた。

なにより、その笑顔。人の心を明るくする朗らかさが、翠玉の動揺を誘う。

「……はじめまして、華々《かか》さん。江《こう》翠玉です」

この娘が自分を訪ねてきた理由を、翠玉は知らない。

だが、かすかな予感がある。

――もしやこの娘は、これから後宮入りするのではないか、と。

離宮は、人の出入りが後宮同様に厳しい。

面会には事前の申請が必要で、親類であろうと簡単に会うことはできない。

そもそも、貴妃たる翠玉への面会は、取次の侍女から名札を受け取るところからはじまるはずだ。家名と、当主との続柄が書かれた木製の札を見て、翠玉が許可を出すのが正しい形である。

だが、もう目の前に娘は立っていた。

（私は面会の許可を出してない。……一体誰が？）

曹《そう》家は、康《こう》国の高祖を支えた忠臣の一族である。入宮させた養女の不祥事に加担して地位を失った徐《じょ》氏に代わり、この二年で台頭した。当主は法を司る廷《てい》尉の地位にある、と一穂《いちほ》から聞いたことがあった。

勢いのある家が娘を入宮させるのは、ごく自然な流れのように思われる。

ここは事実を受け入れ、新たに入宮する娘を温かく迎えねば——と頭では思っているのに、翠玉の表情は強張《こわば》ったままだ。

（入宮前に、私とこの娘さんを面会させようとしたの？　誰が？　まさか明啓《めいけい》様の計らい？　嫌だわ、こんな騙《だま》し討ちみたいなやり方……）

せめて、明啓の意思でなければいい、と翠玉は祈るように思った。

ざらついた感情が、心を波立てる。

翠玉の心の嵐に気づいた風もなく、華々はにこりと明るく微笑んだ。

「お目にかかれて光栄です、江貴妃。ご静養中のところ、急にお邪魔をして申し訳ございません」

「いえ。……どうぞ、お座りになって」

翠玉は、古めかしい長椅子を勧めた。

周《しゅう》太后のために用意されていた茶器が下げられ、別の一式が運ばれてくる。

華々、と名乗った娘は丁寧に礼をし、長椅子に腰を下ろした。ふわりと曙色の袍が、足元に広がる。

美しい袍だ。質もよく、趣味がいい。

(全然、敵わないわ。なにもかも。私が勝るところなんてひとつもない)

周太后は、そう牙を剥きだしにするものではない、と言って笑っていた。

だが、こちらは生まれながらの貴族ではないのだ。

生まれた時から続く貧乏暮らし。学問や占い、礼義作法は厳しく教えられたが、こうして並べられると、自分の存在がひどく場違いに思えてくる。

(どうしよう。なにを喋ればいいの……？　私の方が年上なんだし、しっかりしないといけないのに……)

どんな会話をしてよいやら、さっぱりわからない。

ひとまず、茶を淹れることに集中する――つもりだったのだが。

(もし華々さんが皇后に決まれば、私は月心殿《げっしんでん》を出ることになるの……？)

パッと頭に浮かんだ想像が、心に鋭い痛みをもたらす。

月心殿を追い出されるかもしれない。その頃には、もう明啓の訪いは半分に減っているだろう。愛しい妻、と明啓はその皇后に囁《ささや》くのだろうか。そして、その皇后が懐妊したとしたら？

考えれば考えるだけ、注意は散漫になる。

茶を碗に注ぐ瞬間、かちゃり、と茶器をぶつけてしまった。

口うるさい侍女の叱責が、頭の中に響く。音を立てるのは下品でございますよ、貴妃様、と。

何度も練習をして、所作は身につけたつもりであったのに。

自分の緊張を目の当たりにして、いっそう手指が強張ってしまう。

茶は、とろみのある、やや黄みがかった緑色。香りも、爽《さわ》やかに鼻に抜ける涼やかさがあった。抽出《ちゅうしゅつ》はうまくいったようだ。

しかし緊張は去らず、結局三度も音を立ててしまった。はじめて茶器を扱った時よりもひどい。

「……どうぞ」

「ありがとうございます。いただきます」

華々は気にした風もなく、おおらかに会釈をして、勧められた茶杯を手に取った。

美しい所作で茶をひと口飲む。

なにか話さなくては、と思うあまり――

「ど、どのようなご用件でしょう？」

翠玉は、ひどくぶっきらぼうに聞いてしまう。

(あぁ、こんな聞き方、無作法だわ!)

緊張が過ぎて、なにもかもがうまくいかない。

幸い、華々は笑みを湛えたままだ。気を悪くした様子もなかった。

「江貴妃は、占いをなさるとうかがいました。それも、とても不思議な」

「……えぇ。不思議に見えるかもしれません」

今の言い方は、硬すぎただろうか。後悔ばかりが積み重なっていく。

(いっそ、占いの客だと思えばうまく話せるかもしれない)

その思いつきは、翠玉の心をにわかに軽くした。

(そうよ! そうしたら、もっと会話も弾むわ)

華々は、明るい笑顔で話を続ける。

「江貴妃は、占いの力で皇帝陛下をお助けしたとか。私、最近になって人からその話を聞きまして、いてもたってもいられなくなってしまったのです。占いに目がなくて。それでご迷惑も省みず、離宮にまでうかがってしまいました。……私も、占っていただいてよろしいでしょうか?」

華々は、大きな目を輝かせている。

「えぇ、構いませんよ」

翠玉の顔も明るくなった。客と占師のふりをするまでもなく、本当に占いをするのなら、会話も順調に進むだろう。

「嬉しい！」

華々は、頬を赤くして喜んでいる。

「なにかお悩みでも？」

「私、あるお方を、お助けしたいと思っておりますの」

「差し支えない範囲で、そのお方のことを教えていただけますか？」

「詳しくは明かせないのです。ですから、今はその……然《さ》るお方、とだけ」

なにやら、事情が複雑そうだ。

切羽詰まった表情で頼られては、翠玉も占師として応えねば、と思ってしまう。

集中するあまり、嫉妬めいた感情はすっかり消えていた。

「なるほど……」

翠玉はうなずきつつ、窓の向こうを見た。

やや、日は傾きはじめている。

（占いには、ちょうどいい頃合いだわ）

明るい時よりも、暗い時の方が占いには適している。

翠玉は女官に、衝立《ついたて》を少し動かすよう頼んだ。できた陰は、いっそう占いにちょうどいい。女官は紺色の袍を着ていた。月心殿から連れてきた侍女ではないので、離宮の女官だろう。容姿に優れ、背の高い者が多い女官にしては小柄である。

「それでも、占いは可能でしょうか？」

「その然るお方の姿を、はっきりと思い浮かべることができますか？」

「はい。はっきりと」

「でしたら可能です。蚕糸彩占《さんしさいせん》、という占術で、然るお方の運命を占いましょう」

翠玉は、懐から絹糸の束を取り出した。

婚儀のあとも、占い道具は肌身離さず持っている。

するり、と一筋糸を引き出し、小さな鋏《はさみ》でパチリと切った。

「糸……を使うのですね」

「えぇ。……では、目を閉じてください」

翠玉は、華々の小さな手の小指に、糸の片端を結んだ。

そして、もう片方をゆったりと握った。

目線を少し上げれば、華々は目を閉じて唇を引き結んでいる。

「これで……いいのでしょうか？」

「えぇ。そのまま、然るお方のことを思い浮かべてください」

蚕糸彩占は、江家に伝わる、蚕糸に気を通す占術だ。

ひと撫ですれば、心の憂いの遠因が。

もうひと撫ですれば、現在の問題が。

さらに撫でれば、待ち受ける未来が。

ほんのりと光る彩りとなって、蚕糸に現れる。

まず、ひと撫で。

糸は淡い青を発したあと、紺青《こんじょう》、濃紫《こむらさき》、そして瑠璃《るり》色に落ち着いた。

「然るお方は、高貴な家柄にお生まれの姫君です」

「なるほど。そのようですね。過去、家柄……そうしたものを、背負っておられるのかもしれません」

「今、お苦しみでしょうか？」

「わかりません。ただ……強く誇りをお持ちです。その上で、深く悩んでおられるような印象があります。いかがでしょう？」

「……はい。わかるような気がいたします」

翠玉は、もう一度糸を撫でた。

糸は、さぁっと色を変える。黄浅黄《きあさぎ》。青柳《あおやなぎ》。輝くばかりに明るい若草色。

「然るお方は、大きな転機を迎えておられますね？　これまで経験したことのない、未知の世界の前に立っておられるようです」

「はい。たしかに、そうだと思います」

そして最後に、もう一度撫でる。

糸は、珊瑚《さんご》色に。暖かく、柔らかな彩りに変わった。

美しい色だ。

少しだけくすぐったくなるような。それでいて、いつまでも包まれていたくなる、晴れやかな彩りである。

「おひとりでしたら、縁談の兆しがありますね」

「あぁ、いえ。姫君は、すでにご結婚されています。お子様はいらっしゃいませんが、まだお若く、嫁がれて二年も経っておりません」

「では、ご懐妊の可能性もあるかと。縁談、婚儀、懐妊……仲間や家族の増える際に見える、暖かな色が見えました」

糸をするりと外しながら、一瞬だけ頭をよぎった思いがある。

――うらやましい。

その姫君が懐妊しているならば、うらやましいことだ。

占いの最中の雑念を、翠玉は嫌悪した。今は、占いに集中したい。

華々が、大きな目をぱちりと開けた。

「然るお方は、今、とてもご苦労されているご様子なのです」

「嫁ぎ先でのご苦労ですか。それはおつらいでしょう」

他人事とは思えず、翠玉はつい気持ちをこめてうなずいていた。

華々も、深くうなずく。

「私、然るお方をお助けしたいのです。お気の毒で、見ていられません」

これは、なかなかに複雑な問題だ。

翠玉は「なるほど……」と難しい顔で首をひねった。

「簡単ではないですね」

「はい。お助けしたくとも、それはならぬと止める者もあります」

「たしかに、判断は難しいと思います。ご本人はなんと？」

「連絡が取れません。私は、ただ然るお方をお守りしたいだけなのですが……」

「お守りするというのは、たとえば？　あぁ、具体的な手段でなくてもいいのです。外部の敵、お身内の悪意、退屈、暴力的な夫……危機というのも、様々ですから」

まだ、話の全容がつかめない。占いの精度を上げるには、もっと情報が必要だ。

華々は、目をきょろきょろとさまよわせながら、

「然るお方に、危機が迫っております。詳しくは申し上げられませんが、命にかかわるような、恐ろしい危機なのです。それゆえ、一刻も早く婚家から連れ戻したいと思っているのですが……止める者もおりますし……ご本人のお気持ちを知ろうにも、今は知る術がありません。時間もないというのに。それゆえ、藁《わら》にもすがる思いでこ

こまで参りました」

と思いつめた表情で言った。

力になってやりたいところだが、本人の気持ちも知れない以上、はっきりとした答えを出すのは難しい。

「占いでは、然るお方のお気持ちまではわかりません」

「そうですか。……あの、もし江貴妃様なら、どのように思われますか？」

華々の問いの種類が、突然変わった。

「どう……と言いますと……」

「もし、嫁いだ先でご苦労をされ、危機に陥ったとして……誰ぞに助けてほしいとはお思いになられませんか？」

翠玉は、小さく笑った。

そのような問いは、親類の多い貴族の姫君にするべきだろう。

「そうですね……助けを期待する前に、自力で戦うでしょうか」

女手ひとつで、弟を育ててきた。頼る者もない三家の末裔としての生き方も身についている。

信じられるのは、我が身ひとつだ。

「まぁ、勇ましい」

ころころと、明るく華々が笑う。

「私のことはともかく……今、然るお方が、大きな転機を迎えられているのは間違いありません。支えになって差し上げるのがよろしいのではないでしょうか。然るお方がなにを選択するにせよ、追いつめられての答えと、貴女に守られて安心して出す答えとでは、その後の長い人生の彩りも違ってくるでしょうし」

翠玉の言葉に、華々の表情がパッと明るくなった。

「そうですね。私は、私にできることをして、然るお方をお支えします。――あぁ、よかった！　おかげで迷いがすっかり晴れました」

客の笑顔が、なによりも報酬だ。

満足したのか、笑顔で華々は腰を上げる。

「それはよかった。助けになったのなら幸いです」

翠玉は笑顔でうなずき、自分も立ち上がった。

占いのおかげで、ずいぶんとなめらかに会話もできた。心の内は複雑だが、いったんこの場はしのげたようだ。

「本当に、ありがとうございました」

深々と頭を下げる様は上品で、やはり魅力的な娘だ。

（こんな明るい方が後宮に来たら、後宮の雰囲気も変わるわね）

占いが終わった途端、嫉妬がまた首をもたげる。

なんとかもやもやと胸につかえたものに蓋《ふた》をして、翠玉は笑顔を保つ。

「華々さんのお気持ちが、然るお方を励ますと思いますよ」

「はい。では……これにて失礼させていただきます。ご静養中に、お騒がせして申し訳ございませんでした。江貴妃のお幸せを、心から祈っております」

頭を上げ、にこりと笑みを見せた華々は、実に優雅な動作で踵を返した。――池に面した露台の方へと。

「あら、華々さん。出口は、あちらですよ」

露台へと向かう華々を、翠玉は呼び止める。

華々は、足を止めずに振り返り、

「急いでおりますの」

と柔らかく笑んで言った。

――大変でございます……！

――江貴妃様！　恐ろしい文が！

遠くで、悲鳴まじりの声が聞こえる。慌ただしい足音も。

侍女たちの取り乱した気配に、翠玉は客間の扉に目をやる。

一瞬だった。

再び、華々のいた方を見れば――誰もいない。
（え……？）
たしかに曙色の袍が、つい先ほどまで見えていたのに。
そこにあるのは、ただ夕暮れを映す池と、塀の向こうの森だけだ。
（一体、どこに？　いくら急いでいるからって、池を泳いで帰るわけもないし……）
現れたのも突然だったが、去るのも突然だ。
曹家の令嬢だけに、誰ぞが特別な道筋で案内でもしたのだろうか。
あれこれと考えているうちに、一穂が客間に駆けこんできた。
「……あぁ、一穂。なんの騒ぎ？」
「実は先ほど、こちらの文が寝室の牀の上で発見されまして……」
一穂が差し出したのは、掌《てのひら》の倍ほどの長さのある文だ。
（……ッ！）
――書かれている文字に目を走らせ、翠玉は目を見開く。
【三家の呪いが、宋《そう》家の男子を殺す】
「なんなの、これ……」
ざわりと背が冷える。気味の悪い文だ。
三家の呪い。

それは、まるで二年前の再現だ。

明啓が、占師をしていた翠玉のもとを訪ねてきたのは、洪進《こうしん》にかけられた呪いを解くためだった。三家の呪いが、高祖直系の三十三人目の男子を殺す、という宋家に伝わる予言を信じて。

あの予言は、二百年かけて三家を化物に仕立て上げた者たちの作り話でしかなかった。それでいて、ほんの二年前まで、その作り話は天錦城《てんきんじょう》内の一部で信じられていたのだ。伝説ではない。はっきりとした脅威としてである。

とりわけ、先帝は予言を恐れた。双子の明啓と洪進は、どちらが三十三人目の男子であるか——どちらが呪詛に倒れるかがわからなかったがために、ひとりの皇太子として育てられたほどだ。

それでいて、三家の実態は誰も知らなかった。翠玉も、二年前に後宮へ招かれた直後、異形なのではないかと疑われた経験がある。

だが、今は違う。

翠玉が三家出身であることを知らぬ者はいない。この文を目にした者は、翠玉を連想するだろう。だからこそ、一穂はこの文を見せに来たのだ。

「お目汚しかとも思いましたが……いかんせん、我々は呪術に関する知識がございませんので……」

「教えてくれてありがとう、一穂。助かるわ」

受け取った文を卓の上に置き、翠玉はまじまじと見つめた。

厚みのある、高級な紙だ。下馬路《げばろ》ではまずお目にかかれない。筆も、墨も、上質なものが用いられているのではないだろうか。達筆でもある。

なぜこのようなものが書かれ、かつ離宮の寝室に置かれたのか。翠玉にはさっぱりわからない。

（なぜ……？　目的はなんなの？）

宋家の男子――というからには、明啓か、洪進を指しているのだろう。

それとも、今から生まれる洪進と姜《きょう》太妃の子――性別は現状では不明だが――のことだろうか。秋に生まれる、周太后の子という可能性もある。

あるいは、別の宋家の男子を指しているのかもしれない。

宋家の男子とは、恐らく『皇帝の後継者となり得る者』を意味している。

（私を、なにがなんでも悪女に仕立て上げたい人がいるんだわ……）

この文が誘導しているのは、皇帝の愛を独占する悪女が、我が身可愛さに呪詛を行う――いずれ生まれる自身の子の立場を守るため、邪魔者を消さんとした、という筋書きだろう。

ごく簡単に想像できる。

（なんてバカバカしい！）

誰が画策した陰謀なのか、翠玉にはわからない。

だが、ひとつだけはっきりしている。この陰謀を企てた者は、翠玉の敵だ。

「翠玉様。実は……大変申し上げにくいことながら……ぬか喜びをさせぬよう、到着が確実になるまで明かさぬよう陛下に言われておりまして、ご報告が遅くなってしまったのですが……今、陛下は離宮に向かっておられます」

翠玉は、こぼれ落ちんばかりに大きく目を見開いた。

「い、今!? よりによってこんな時に……！」

離宮に、明啓が来る。

嬉しいはずの報せだが、今は非常時だ。

呪詛とは、遠く離れていては成就できない。逆を言えば、明啓の身になにか起きた時、真っ先に疑われるのは、呪詛をかけられた者と同じ敷地内にいる人間だ。

――つまり、翠玉である。

「そうなんです。よりによって……こんな文の見つかった今なんです」

「宋家の男子なら、明啓様だって含まれるわ！」

翠玉は、慌てて辺りをうろうろとしだした。

「さすがに、翠玉様が陛下を害するとは、誰も思いませんわ」

「わからない。でも、絶対にないとは言い切れないもの」

このままでは、洪進ばかりか、明啓までこの迷惑な騒ぎに巻きこんでしまう。

「けれど、翠玉様には呪詛などできませんでしょう？」

一穂が、目をぱちくりとさせている。

それはたしかにそのとおりだ。翠玉をよく知る者ならば、呪いの話も簡単に否定できるだろう。

だが、それ以外の大多数は違うのだ。

「えぇ、できないわ。全然。でも、これが呪いを隠れ蓑《みの》にした、暗殺計画かもしれないじゃない？」

明啓が何者かに殺され、それを呪詛のせいとして、冤罪をかけられた翠玉も殺される――という最悪の想像までできてしまう。

恐怖に、翠玉は歩きながら身震いした。

「……恐ろしい話でございますね。でも、芝居の筋にはありそうな話です。それで、罠にはめられた妻は、黒幕に殺された夫の躯《むくろ》の前で抗議の自殺をするんですね？」

「困るわ！　それじゃあ私も、明啓様まで死んじゃってるじゃない！」

「あら！　本当。いけませんね。芝居なら、ここで妻の魂が、陰謀の主を呪い殺して終幕、となるんですけれど」

一穂は、三度の飯より芝居が好きなのだ。

なんの話でもしばしば、芝居の筋にすり替えられるが、今の話はさすがにまずい。

「ありそうな話だけど、死なない方向で考えたいわ」

「そうしましょう。死んでも報われるのは、芝居の中だけですから」

一穂まで「死なない方法……死なない方法……」とブツブツ言いながら、辺りを歩きだした。

ふたりは、そろって広い客間をぐるぐると回っている。さながら、池の鯉だ。

「事情を話せば、明啓様は引き返してくださるかしら?」

「それは難しいかと。芝居の英雄なら、妻の危機を放っておきません。陛下も同じでございましょう」

「そうね。たしかに、明啓様は放っておいたりしないわ。どうしたらいいの……」

いくらうろうろしても、考えは一向にまとまらない。

そこに「お生まれになりました!」「ご誕生でございます!」と声が聞こえてくる。

姜太妃が、出産を終えたのだ。

一度に入ってきた情報が多すぎる。

慌ててよいやら、喜んでよいやら、心が忙しい。

だが、無事な出産ほどめでたいことはない。間違いなく慶事だ。手をあわせ、父祖の霊に心で礼を伝える。

「祝着《しゅうちゃく》でございますね！」

「えぇ。本当によかった！」

ふたりは、客間の屏風《びょうぶ》の前でうなずきあい、またそれぞれに歩きだした。

上皇の第一子誕生は慶事ながら、事はやや複雑である。

「しかし……翠玉様。お生まれになったのは、皇子様でございましょうか？　芝居の筋ですと、ここで皇子様誕生、となりそうなものですが……」

「たしかに、そういう話はありそうね。あぁ、もう、一体なんなの？　こんな茶番に、生まれたばかりの赤子を巻きこみたくないのに！」

あの呪いの文さえなければ、このような気の揉み方はせずに済んだ。

たった一枚。

あの一枚の文が、呪符のごとき禍々《まがまが》しさで日常を浸食している。

（あんな紙切れ一枚に、こんなに振り回されるなんて！）

狙われるのが、皇帝でも上皇でも困るが、生まれたばかりの赤子も困る。

――皇女様でございます！

遠くで、声が聞こえた。

うろうろとしていたふたりは、離れたところで安堵のため息をこぼす。

「これは、ひとまず、喜んでもよろしいでしょうか？」

「えぇ、喜んでいいと思うわ」

洪進の第一子が皇女である以上、呪いの文とは無関係だ。

周太后の出産は秋に控えているものの、まだ先の話である。

他の宋家の男子たちは、琴都《きんと》城内にいる。

翠玉がこの離宮にいる現在、呪いの文が指す宋家の男子は、明啓と洪進に絞られたと言っていいだろう。

「江貴妃様。ご報告いたします。陛下がご到着になられました」

「ただ今、黄嘴殿《おうしでん》へお越しに――」

入れ代わり立ち代わり、侍女や宦官が報せを持ってくる。

だが、考えはちっともまとまらない。翠玉は目眩《めまい》を覚えた。

（あぁ、もう、どうしたらいいの!?）

バタバタと騒がしい客間に、さらに新たな報せが届く。

「大変です、陛下がお倒れに……！」

翠玉の全身から、音を立てて血の気が引いた。

――三家の呪いが、宋家の男子を殺す。

禍々しい言葉が頭に浮かび、ガン、と殴られたような衝撃を受ける。

「へ、陛下は、いずれに？」

問うてから、先ほど黄嘴殿にいると聞いたばかりだと気づく。横で一穂が「黄嘴殿においでです」と教えてくれた。

まったく冷静ではない。頭は混乱したままだ。

慌てきった状態で、翠玉は客間を飛び出していた。

（明啓様……どうかご無事で！）

東翼殿《とうよくでん》を出れば、池が視界の両端に広がり、瀟洒《しょうしゃ》な赤い渡り廊下が黄嘴殿へと続いている。

小走りに進む途中で、裳《も》の裾を踏んで転びかけた。

髪も乱れてしまったが、足は止められない。

黄嘴殿の扉を誰かが開けたはずだが、それも気づかなかった。

まず、客間。――いない。

足を調度品の角にぶつけつつ、続きの部屋を見る。――いない。

もうひとつの部屋に入った途端、翠玉は「あ」と声をあげる。

そこには牀が置かれ、薄絹で覆われている。

――この光景を、翠玉は知っていた。

二年前の記憶、そのままだ。

呉娘《ごじょう》の呪詛に倒れた洪進は、斉照殿《せいしょうでん》内の桜簾堂《おうれんどう》に横たわっていた。

そして今、目の前に横たわる人の顔も、そのまま同じ——いや、これは洪進ではない。翠玉の夫の明啓だ。

「そんな……」

——三家の呪いが、宋家の男子を殺す。

呪いの言葉が、胸を深くえぐる。

まさか、こんなに早く事が起きるとは思っていなかった。

ぺたりと翠玉はその場にへたりこんだ。

翡翠色の袍が、床に広がる。

「明啓様……あぁ、お許しください。私のせいです。私が、三家の生まれであったがために、このような……」

はらはらと、頬の上を涙が流れていった。

三家の娘を妻になどしたからだ——と人の言う声が、どこかから聞こえてくる。

月心殿《げっしんでん》の寵姫は、宋家に仇なす悪女だ——とも。

気づけばいつも、どこからともなく声が聞こえてきた。

翠玉を非難する声だ。

いつも、いつも、なにをしていてもつきまとってくる。

負けてたまるか、と心を強くもってきたつもりだが、もう限界だ。

この婚儀は、間違いだったのだ。人が言うように。

翠玉は、ここにいるべきではなかった。

「……明啓様。私、幸せでした。本当に幸せだったんです。はじめて恋をして、人を想う気持ちを知りました。占いで、人の恋の話題はよく耳にしておりましたが、我が身のこととなれば話は別です。恋というものはかくも激しいものなのかと戸惑いさえいたしました。……近づけば慕わしい。離れれば恋しい。貴方様に出会ってから、いろいろなことがありましたけれど、それでもやはり、私は幸せでした。心から想う方と結ばれて、本当に幸せだったのです――妻に……皇后になど、なれなくてもよかった。そんなことはどうでもいい。ただ、明啓様の妃嬪の列に加えていただくだけで、十分でした。明啓様は、私を唯一の妻と呼んでくださったのですから……」

涙は、とめどなくあふれてきた。

悲しくてならない。どうしてこんなことになってしまったのか。

想う人と添えたというだけで、天にも昇るほど幸せだと思っていたはずなのに。

夫の愛に支えられる日々でも、ひとり過ごす昼は長い。いつも自分を責める声に苛《さいな》まれてきた。

その上、明啓は翠玉を狙った陰謀に巻きこまれ、呪詛に倒れている。

どうしてこうまで、人生はままならぬのだろう。

「人に誹《そし》られぬよう、懸命に努力してきたつもりです。私が悪女になれば、明啓様も暗君と呼ばれてしまう。……嫌だったんです。明啓様はご立派な方で、聡明で、果断にして寛大。私のせいで、暗君などと呼ばれてはいけないと……できる限りのことをしてきました。けれど、私が三家の人間であるがゆえに悪であるとされては、なす術もありません。今すぐにでも、髪を下ろして出家いたします」

また、涙があふれてくる。

ただただ、悲しい。

三家に生まれたことは、罪ではないはずだ。それでも、今は身を引く以外に道はない。それが、明啓を救う唯一の道だ。

陰謀の主の目的は、翠玉ひとりにある。自分が消えれば、すべて終わるだろう。

「新たな妃嬪をお迎えになるのでしょう？　あぁ、なんでこんな時にこんな話をして……でも、どうぞ私の耳には入れないでくださいませ。嘘《うそ》でいい――嘘でいいのです。騙してください。私が後宮を去る日まで、明啓様の妃は、私ひとりだと――」

翠玉は床に手をつき、嗚咽《おえつ》を漏らした。

互いを伴侶《はんりょ》と認めあった愛の結末が、このような形でこようとは。

明啓とふたりなら、どんな壁も乗り越えていける。そう思っていたのに。

(あぁ、そんなことより、早く呪詛かどうかを確認しないと——)

——にゃあ。

すぐ近くで、猫の声がした。

離宮に猫がいるとは知らなかったので、少しだけ驚く。それとも、うっかり迷いこみでもしたのだろうか。

翠玉は、ゆっくりと身体を起こした。

「翠玉」

その時、背の方で声がした。

大きな悲しみに溺《おぼ》れていたので、その事態を理解するのに時間が要る。

のろのろと振り返れば、そこに——明啓がいた。

どう見ても、明啓だ。

濃紺《のうこん》の袍と、簡素な冠。月心殿を訪ねてくる時の姿そのままである。

「え——？」

明啓が、部屋の入口に立っている。

すると——そこで牀に寝ているのは——

「あぁ、すまない。私だ。洪進だ。途中で遮るのも悪いかと思っているうちに、こういうことになってしまった」

牀の上でに寝ていたはずの、明啓と同じ顔をした貴人は、半身を起こしている。

貴人は、とても気まずそうな顔で「すまん」と謝った。

よく見れば、こちらは明啓ではない。洪進だ。

父親でも見分けがつかない、と言われた双子だが、さすがに翠玉には区別がつく。

「え!?」

必死に頭を働かせる。

まとめると、こうだ。翠玉は今の一連の独白を、明啓ではなく洪進に向けて口にしていた――らしい。

当の明啓は、後ろで黙って聞いていたようである。

(嘘……でしょう?)

感情の処理が追いつかない。

だが、洪進も明啓も、呪詛には侵されてはいない、という一番重要な点だけは理解できる。

あれほど翠玉を慌てさせた予言の呪いは、少なくともどちらの身も蝕《むしば》んではいなかったのだ。

では、なぜ、洪進が黄嘴殿の牀の上にいるのか。

どうして? と問う前に、いきなり明啓に抱きしめられていた。

「翠玉――すまなかった」

洪進が「話は、また明日にしよう」と言って、部屋を出ていく。

部屋には、ふたりきりになった。

（消えたい……恥ずかしい……このまま、この世から消えてしまいたい……！）

恥ずかしさで、頭はすっかり混乱している。

翠玉は、明啓への思いを、本人に背を向けて述べていたのだから。

とにかく恥ずかしい。恥ずかしさのあまり、顔から火を噴きそうだ。

「め、明啓様……あの……」

「すまなかった、本当に」

「どうか、なにもおっしゃらないでくださいませ」

勢いのまま口にした言葉を、すべて聞かれていようとは思っていなかった。

わかっていたら、あれほどはっきり口にはしなかったはずだ。

顔が、ひどく熱い。

「翠玉――」

少しだけ、身体が離れた。

翠玉は、顔を見られまいと下を向く。

「恥ずかしくて……死んでしまいそうです」

「私は、嬉しかった。貴女の柔らかな心に触れられたような気がする」

顔に血が集まって、汗が浮いてきた。ひたすらに恥ずかしい。

「なにもおっしゃらないで……」

「いや、これだけは言わせてくれ。俺の妻は、生涯貴女ひとりだ。不安な思いをさせて、すまなかった」

もう、明啓の言葉も頭に入らない。

抱きしめられた温もりも、柔らかな香の心地よさも、恥ずかしさを上回りはしなかった。ただただ、消え入ってしまいたいと願うばかりだ。

「忘れて……くださいませ」

「忘れるものか。貴女の思いを、偶然とはいえ聞くことができた。――愛しい我が妻。俺も、貴方の夫になれて幸せだ」

ぎゅう、と抱きしめてくる腕の力が強くなる。

――愛おしい。

恥ずかしさよりも、慕わしさがやっと勝った。

翠玉も、明啓の身体を抱きしめ返した。愛おしい、夫の身体を。

慣れた涼やかな香に包まれて安堵した途端、忘れていた涙があふれてきた。

「よかった……明啓様がご無事でよかった。本当に心配いたしました。もう髪を下ろすしかないかと……」

「無事だ。驚かせてすまなかった。……どうか髪を下ろすなどと言わないでくれ。その時は、俺も一緒だ」

「い、いけません！」

慌てて翠玉は、涙に濡れた顔を上げた。

夫の顔はずいぶん上にある。それでも必死に、背伸びまでして明啓の目を見つめる。

「我らは夫婦だ。共にあるのは当然だろう」

「明啓様が、どれほど国を思われているか、私も間近で見て知っているつもりです。私のせいで、その道が断たれるなど、あってはいけません！」

「翠玉。俺とて、人の心を持っている。我ら夫婦が共にあることを認められぬなら、世を捨てるしかあるまい。それが天意だったのだ。洪進に男児を授かれば、その子に皇位を継がせる」

寝食を忘れるほど、政務に取り組む人の言葉とも思えなかった。

だが、すぐに理解する。彼は、役目を捨てたいわけではない。ただ、夫として妻を守ることを、政務よりも上に置いたのだ。

夫の慈しみに触れ、翠玉の目から落ちる涙は、いっそう大粒になった。

「明啓様……でも、呪詛が宋家の男子を――おかしな文が届いたのです。三家の呪い

「それは、俺のところにも届いた。だから、ここに来たのだ」

翠玉は、目をぱちくりとさせた。

こちらは文を見て、明啓が来ることに肝を冷やしたというのに。明啓は文の内容を知った上で、わざわざ離宮まで来たらしい。

「どうして……危ういとわかって、なぜお越しになったのです？」

「翠玉。間違うな。我々は夫婦だ。伴侶だ。貴女の問題は、俺の問題だ。重い荷は共に負おう」

明啓の大きな手が、翠玉の頬の涙を拭った。

「この陰謀の狙いは、私です。私を排除するために仕組まれたに違いありません。明啓様を巻きこむわけには――」

「貴女も逆の立場なら、同じように思うはずだ。そうだろう？」

もし、明啓が陰謀に巻きこまれたとしたら。――考えるまでもない。翠玉は共に戦おうとしただろう。

「……はい」

「しかし、貴女を不安にさせた件に関しては、大いに反省がいるな。夫として、妻を守りたいと思うあまり、俺も多くを見失っていたようだ。政務に励むことで、貴女を守っている気になっていた。過ちだったと今ならばわかる。——それに、新たな妃嬪など、迎えるはずがないだろう。何度でも誓う。俺の妻は貴女ひとりだ」

妻。

その言葉が、胸を強く締めつける。

翠玉は、明啓の妻ではない。側室のひとりだ。

いかに明啓が妻と呼び、月心殿に住んでいようと、翠玉は寵姫としか呼ばれない。

華々の明るい笑顔が、脳裏に浮かぶ。

家柄もよく、若く、美しい娘。あのような娘こそ、いずれ皇后に選ばれるにふさわしい、と誰もが思うだろう。

胸に嵐が蘇《よみがえ》る。

しかし、嫉妬に浸る前に、状況のおかしさが気にかかった。

明啓の言動は常に一貫しており、起きた状況にはそぐわなかったからだ。

(明啓様は、入宮の話をご存じないの？　嘘の言える方ではないもの。……まさか、明啓様に黙って、華々さんの入宮を進める人でもいるの？　そんなことってある？)

皇太子時代ならばまだしも、もう即位して一年になろうかという皇帝の妻を、勝手に決める権限など誰にもないように思えるが。

「高い壁はふたりで越えよう。長い道は手を繋いで進もう。行く手を阻む者があれば、俺が除く」

頬に触れた手が、少し動いて髪を優しく撫でた。

互いを思うがゆえに口を閉ざし、袋小路に入りこんでいた、と気づいたばかりだ。

思いは、しっかりと伝えたい。

翠玉は、明啓を抱きしめていた腕を片方外して、頬にあった明啓の手に重ねる。

「来てくださって、心強いです。……ありがとうございます、明啓様」

「このような陰謀に振り回されてなるものか。さっさと片づけるとしよう」

「できる気がして参りました。私たち、ふたりでなら」

「その意気だ。やはり貴女はそうでなくては」

目をしっかりとあわせ、微笑みあう。

どこかずれたままになっていたものが、今、やっとぴたりと添えた気がする。

笑みの形にしたままの唇を、ふたりは優しく触れあわせたのだった。


その小さな騒動の、翌朝である。

黄嘴殿の客間に、洪進と明啓、そして翠玉は集まっていた。

琥珀の卓の上に、二枚の文がある。

【三家の呪いが、国を滅ぼす】

【三家の女が、入宮する娘をことごとく呪殺する】

明啓が、卓の上の文を指さす。

「この二枚の文が斉照殿《せいしょうでん》の前で見つかったのは、翠玉が離宮に出発した日――昨日の夕だ。清巴《せいは》は塵《ちり》にうるさい。この文が階段の真ん中にあったからには、掃除を終えてから、俺が帰るまでの、わずかな時間に置かれたのだろう」

さらに明啓は、卓の上にもう一枚を並べた。

【三家の呪いが、宋家の男子を殺す】

この一枚は、翠玉の寝室で見つかったものである。

「これは、翠玉のもとに届いた文だ。東翼殿の寝室で見つかった」

三枚を並べれば、紙の大きさも、質も、筆跡まで同じだ。

同一人物が、この三枚の文を書き、かつ明啓と翠玉に届けた――らしい。

「いったん、三家の呪いというものが存在しないものとしますが――」

翠玉が前置きをすると、明啓と洪進は、

「当然だ」

と双子らしく声をそろえて言った。

その信頼が嬉しい。翠玉はふたりに小さく礼をしてから、話を続けた。

「私は、この呪いの文が他にも存在して、あちこちにまかれている可能性もあるのではないかと案じております。笑い飛ばす方もおりましょうが、中には真に受ける方もいらっしゃるかと。……それが恐ろしゅうございます」

二年前、三家の存在はさして重要ではなかった。政治との関わりは皆無で、その日暮らしを続けるだけの、今にも消えそうな一族に過ぎなかったのだ。

天錦城に伝わっていた情報も、角が生えている、呪詛の蟲《むし》を洞窟で育てている、嵐を呼ぶ、獣と交わる――等々。おおよそ同じ人間とも思えぬ作り話ばかりであった。

だが、今は状況が違う。

いずれ生まれる我が子のために、有力な後継者候補を呪詛する江貴妃――という、やけに具体的な図が浮かんでしまう。疑いのかけられた翠玉本人でさえ思うのだから、遠くから見た人にはそう見えるのも当然だ。

明啓は、翠玉の言にうなずいた。

「そうだな。某《なにがし》か――仮に某君《ぼうくん》と呼ぶが――某君の狙いは、翠玉だろう。この文は翠玉が、洪進、あるいは今後生まれるであろう洪進の子や、有力な後継者を殺す様を想像させようとしている。さらには、自身の脅威となる妃嬪候補を呪詛する様もだ。意図は明らかだろう」

「当人が言うのもおかしいですが……私も、そのような内容だと理解しました」

保身のために、呪詛を行う悪女。翠玉にはまったく身に覚えのないことながら、某君はそのような像を、人の心に植えつけようとしている。

翠玉は、ぐっと拳を握りしめた。

「いずれにせよ、看過《かんか》はできない。某君の企みは、早期に潰すつもりだ」

明啓の宣言に、翠玉はうなずいて同意を示した。

「私が出家でもすれば、某君も向ける矛先を失うのではないかと思いましたが……明啓様に諭され、それでは問題は解決しない、と今は思っております」

昨日は翠玉も思いつめていたが、今は理解できる。死後は宋家の廟に葬られる立場だ。勝手な判断は許されない。

翠玉の言葉に、洪進は「そのとおりだ」と同意を示した。

「貴女が出家する幕引きは、兄上だけでなく、我々――宋家の敗北でしかない。この程度の脅《おど》しに屈すれば、侮《あなど》りを生む。侮りは、柱を腐らせ、国を傾かせるだろう。思いとどまってくれてありがたい」

洪進は「負けてなるものか」と決意を述べた。

某君の陰謀に立ち向かう――と三者の足並みがそろった。

しかし、翠玉はここで憂いを眉間に示す。

「……しかし、こうした流言《りゅうげん》は広がったが最後、否定するのは難しゅうございます」

某君が誘導しようとしている筋書きは、実に安易だ。一穂ではないが、芝居ではお馴染《なじ》みの悪女像である。それだけに、人は簡単に納得してしまう。翠玉がいかに否定しようと、逆効果になるだけだ。

解決への道筋が、翠玉の目には見えていない。

ここで明啓が、スッと立ち上がった。

「某君の企みが、翠玉への攻撃だけで終わるとも限らん。一刻も早く事を収め、被害を最低限に食い止めたい。――文の置かれた場所と機から推測して、某君は我らの近くにいる。ごく近くにな」

斉照殿と、離宮。どちらも簡単に人が出入りできる場所ではない。

ごく身近な人物の仕業《しわざ》――と考えると、気が滅入る。近しい人を疑うのは、疑うこちらの気持ちも傷つくものだ。

洪進も、サッと立ち上がった。

「私も、このような下劣な企みを許しはしない。家族は、必ず守ってみせる。兄上、私も力を尽くそう」

双子は互いの手をしっかりと握り、共闘を誓いあう。

翠玉にも、この鏡映しのようなふたりが、某君に挑もうとしているのはわかる。

だが――問題は、昨日のあの不思議な状況だ。

「あの、それで……昨日のおふたりは、なにをされておられたのでしょう？」

昨日の件は、できれば記憶から消したい。話題にも出したくはないが、この作戦に関わるからには、事情を知っておく必要がある。

明啓には昨日のうちに尋ねているが、明日改めて説明する、と言われて、作戦の目的は曖昧《あいまい》なままになっていた。

「それは――」

渋い顔で明啓が言いかけたのを、洪進が「兄上、私から話す」と止める。

そこにトントン、と扉が鳴って、清巴が入ってきた。

清巴の髪は半ば白いが、顔はつるりとしてシワが少ない。年齢のわかりにくい人だ。あまり感情を外に出さない人だが、今日はなにやら焦りが見えた。

「お話し中のところ失礼いたします。――上皇様、江貴妃におかれましてはご機嫌麗しく。皇帝陛下に急ぎ、お知らせがございます。よろしいですか？」

明啓は「少し外す」と言って、客間から出ていった。

「私は、まだこちらにいてもよろしいのでしょうか？」

客間には、洪進とふたりだけだ。宦官や女官もいるとはいえ、望ましい状態ではないだろう。

きょろきょろと辺りを見回す翠玉に、洪進が「大丈夫だ」と笑顔で言った。

「清巴のことだ。規則に反するような事態にはしないだろう」

「……たしかに。左様でございますね」

後宮内のすべての規則に精通した清巴のことだ。彼がなにも言わないのであれば問題はないだろう。恐らく、移動の必要がないよう、この殿内で明啓と話しているに違いない。

「翠玉。昨日は本当にすまなかった。呪詛の恐ろしさを知る貴女ならば、あの状況にどれほど心を痛めるか、考えればわかりそうなものだというのに。周太后に叱られてしまった。いや、言い訳がましいが、きちんと作戦を決めてから協力を要請する予定だったのだ。本当に、騙すつもりはなかった。許してくれ」

苦笑する洪進の表情には、もう陰がない。声にも張りがある。

正月の、郊廟での参拝の際にも思ったが、すっかり健康を取り戻した様子だ。

「いえ。その件は、もう――忘れてくださいませ」

「なかなかに情熱的な告白だったぞ。感動した」

「洪進様」

ここで洪進は、こほん、と咳払いをした。

「すまん。さ、話を進めるとしよう。――本来、こうして陰でコソコソと行動するのは、上皇や皇帝の立場には相応しくない。承知の上だ。だが、今回の件を公にするのは、すべてが終わったあとにしたいのだ。人が貴女を忌《い》むのを避けたい」

翠玉は「はい」と小さくうなずいた。

この問題は、宋家の名誉に関わる。申し訳なく思いながらも、洪進の方針を受け入れるしかなかった。

「それで、洪進様が呪詛を受けたふりをなさっていたのですか？」

「いや、逆だ。私が倒れては、貴女に疑いがかかってしまうからな。体調を崩したことにするのは、兄上の方だ。さすがの悪女でも、権力の拠り所になる夫を呪いはしないだろう」

悪女。その言葉が胸に痛い。

翠玉は、洪進の言い分を聞きつつ眉を寄せた。

「しかし、夫を殺すのも悪女らしいと申しますか……歴史上に例もございます」

「その心配はあるまい。悪女とて、目的もなく人を殺しはしないものだ。夫を害すのは、我が子の未来を拓くため。まだ子のない貴女が夫を殺しても、なにも得られはしないのは明らかだ」

たしかに、洪進の言うのももっともだ。

野心を持つ悪女が、望んで寺に向かうとも思えない。

ますます昨日の慌て具合が、恥ずかしくなってきた。

「なるほど……たしかに、おっしゃるとおりです。しかし――」

この作戦では、洪進が、明啓のふりをして寝こむことになったようだ。明啓が寝込む分には、そうと人に知れても、翠玉の仕業とは思われない。

だが、問題がある。

本物の洪進がいなくなってしまうからだ。以前と違い、すでにふたりはそれぞれに独立した地位がある。

「私は、父祖の霊に祈るべく、廟にこもることにする。なに、せいぜい半日程度で事は済む。ここは周太后の演技に任せるつもりだ。身重の周太妃を巻きこむのは気が引けるが、これは彼女と、我らの子を守るためでもある。快諾してくれた」

いい人選だ、と翠玉は思った。知恵のある周太妃のことだ。夫や家族を守るために、うまく演技をするだろう。

「わかりました。それでしたら、安心してお任せできそうです」

「兄上には、その半日の間に西護院《せいごいん》へ行っていただく」

「西護院……でございますか？」

その寺の名は、翠玉も知っている。

西護院は、名前のとおり、琴都の西側にある尼寺院《にじいん》だ。

二年前の呪詛事件の際、庭から掘り出された呪詛の蟲を、後宮から運びだす際に用いられた寺院である。

「もちろん、兄上が出家するという話ではないぞ。尼寺《あまでら》だからな」

生真面目に断ってくる洪進に、翠玉は小さく笑んで「存じております」と伝えた。

双子の兄弟は、顔だけでなく性格もよく似てるらしい。

「琴都の西の外れにある――たしか、百年前に建立された寺院で、時の皇后陛下が施《せ》薬院《やくいん》にされたのが起源だとか」

「さすがは翠玉。その記憶力が健在で頼もしいぞ。他に覚えていることはあるか？」

膨大な占術の技法を、口伝《くでん》で習得してきた翠玉だ。記憶力には自信がある。

西護院の情報も、清巴に聞いたのをそのまま覚えていた。

「今は、罪を得た貴人の幽閉場所としても機能している、とうかがいました」

施薬院としてはじまった場所が、ずいぶんと大きく役割を変えたものだ、と驚いたのが、印象に残っている。

「そこに、徐夫人がいる」

「え――？」

洪進の口から、まったく思いもよらぬ名が出た。

「徐夫人――いや、呉娘が、西護院にいるのだ」

呉娘は、二年前の呪詛の首謀者だ。

三家のひとつ、陶《とう》家の末裔でもある。

「てっきり、今も冷宮におられるものと思っておりました」

呉娘は、二年前の入宮直後に呪詛を行い、ほどなくして企みは発覚した。

皇帝への呪詛は大罪だ。生涯を冷宮で過ごす以外の道はない――と思っていただけに、洪進の言葉は意外であった。

「西護院に移らせたのは、譲位の直前だ。彼女が、御簾裁判を受けたのは知っているか？」

「はい。明啓様からうかがっています」

呉娘の冷宮行きは、事件発覚の時点で決まっていた。しかし、高官たちは事の大きさを恐れ、彼女を御簾裁判の場に招いた。結果は変わらず冷宮送りだが、この場で呪詛に関する知識は外城にも周知されたそうだ。

「呪詛に距離が重要だとわかったからには、天錦城内に置いておくべきではないのでは――と進言する者があってな」

少しうつむいた洪進の表情に、憂いが見える。

呉娘が呪詛を行ったのは、洪進への初恋を成就するためだった。

淡い恋が招いた悲劇を受け止めきれず、洪進は帝位を譲るにいたっている。彼女の話題は、口にするのもつらいに違いない。

「そうでしたか……それは、存じませんでした」

「私が、呉娘を西護院に送るよう命じたのだ。呪詛がいかにして成るかわからぬ以上、最善の道と判断した。今後、後宮内で変事が起きた時、すべて彼女の責にされるのではないかとも思ってな。それでは彼女が気の毒だ」

洪進が呉娘に対して、そのような配慮をしていたとは思わなかった。

（お優しいお方だわ、本当に）

だが、その優しさこそが彼を追いつめたのかもしれない、とも思う。

「……しかし、今になって呉娘さんにどのようなご用でございますか？」

「呪詛の作法を知っているのは、彼女だけだ。聞いておきたい」

知らず、眉が寄っていた。

たしかに、そのとおりだ。呪詛を扱う陶家の生き残りは彼女だけ。作法を知る者は、呉娘しかいない。

「それは……某君が立てた、根も葉もない噂を否定するためですね？」

「あぁ、そうだ。恐怖とは、闇に生じる。我らも、長く得体の知れない三家の呪いに怯《おび》えてきた。しかし二年前、兄上の招きに応じた貴女の話を聞いてはじめて、恐れるべきものと、そうでないものが明確に分けられた。理が、闇を祓《はら》ったのだ。この陰謀を挫《くじ》くためには、我らも呪詛を知る必要がある。このようなものを放置していては、また三家は得体の知れない化物にされてしまう」

洪進は、卓の上の文を指で示した。

たしかに二年前、明啓も洪進も、翠玉の説いた理に耳を傾け、三家に対する誤解を解いてくれた。

同じように、理をもって外城の人々の心の闇を祓う――というのが、今回の作戦の目的らしい。

「上皇様のおっしゃることは、わかるのですが……」

この案に対し、翠玉は諸手を挙げての賛成ができない。

呉娘は、洪進への恋心から、邪魔な洪進の兄弟を呪詛で殺そうとした人だ。

そして、翠玉にも呪いをかけている。

結果として呉娘は、異能の代償を払う羽目になった。大きな代償だ。その後の一生を左右するほどに。

「わかっている。気が咎《とが》めるのであろう？」

「はい」

翠玉は、ためらわずに認めた。

気の咎めは、今でも常に感じている。

恋心ゆえに人を殺そうとした彼女を、翠玉は止めた。止めざるを得なかった。他の道はなかったように思う。人を救ってこその異能だ。

では、なぜこれほどまでに気の咎めを感じているかといえば、呉娘の代償を決定づけたものが、明啓と翠玉が進めた作戦であったからだ。

（あの時、私たちがあんな作戦さえ立てなければ……呉娘さんも、代償は払わずに済んだはずだもの）

呪詛に立ち向かうため、明啓と翠玉は、知恵を出しあった。

その作戦のひとつが、翠玉を寵姫として偽装入宮させる――というものだった。

明啓は皇帝を装って、翠玉のもとを訪った。愛ゆえに入宮を急がせた、と周囲に示しながら。

この罠にかかった呉娘は、異能を御しきれず代償を払う羽目になったのだ。翠玉を嫉妬から呪詛したために、である。

生涯、この気の咎めは続くだろう。

「それは、私も同じだ。……だが、こうした流言を、二度と許したくはない。貴妃たる女性に頼むべき仕事ではないが、どうか兄上と共に西護院に行ってもらいたい。我らの中で、誰よりも呪詛を理解できるのは、知識のある貴女なのだ」

三家が、康国の高祖によって族誅の憂き目にあってから二百年。祭祀のためだけに残された末裔たちは、細々と命を繋いできた。

三家はそれぞれ関わることもなく過ごし、情報も減る一方だ。

それでも、やはり異能を持ち、技を磨いてきた者は、常の人と異なる。陶家の末裔の呉娘から話を聞けたとして、もっとも情報の咀嚼《そしゃく》が容易なのは自分だろう、とは思う。

「しかし……私が出向いたところで、呉娘さんが耳を貸してくださるとは思えません。私を……深く恨んでおいでしょうから」

翠玉は、長い睫毛を半ば伏せた。

――殺してやりたかった！

まだ、自分に向けられた呉娘の声は耳に残っている。

殺したいほどに嫉妬した相手。自身の呪詛を暴いた相手。翠玉さえいなければ、少なくとも彼女は、まだ人の姿をとどめていたはずだ。憎くないわけがない。

「それは、我ら兄弟のために生じた怨恨だ。決して貴女の責ではない。――しかし、今は彼女の力が必要なのだ。いかにして呪詛をかけられたのか、私はいまだにわかっていない」

翠玉は、しばし考えこんだ。

常の人よりも詳しいとはいえ、正確な呪詛のかけ方自体、翠玉は知らない。

呪詛には、蟲を用いる。蟲とは、虫や鼠《ねずみ》、蟇蛙《ひきがえる》の類を、箱や壺《つぼ》に入れて地中に埋めたものだ。

呪詛する者と受ける者、そして蟲とが同じ建物の敷地内に存在しなければ呪詛は成立しない。

推測になるが、呪詛は同時に複数行えない。行えば代償が必要になる。

これも推測だが、呪詛の成就までの期間は、呪詛の主にも推測ができない。

翠玉がわかるのは、せいぜいその程度だ。

（たしかに、呪詛の方法は知っておきたい。今後、またどんな疑いをかけられるかわからないもの。――私が行くのがてっとり早いわ）

呉娘との接触は、可能か不可能かで言えば、可能ではある。

後宮の女性の移動は、ごく限られた場所にしか許されていない。しかしながら呉娘がいるのは寺院なので、参拝という形を取れば済む。

「わかりました、上皇様。ですが、西護院へは私ひとりで参ります。三家の人間ですから、私に呪詛は効きません」

三家の人間には、あらゆる呪詛が効かない。そういうものだ。

だが、明啓は違う。

天命を受けた皇帝であろうと、人は人だ。

呪詛を受ければ倒れ、いずれ命を奪われる。

「兄上は、行くと言ってくれた。いや、本来は私が行くべきなのだが……」

「い、いけません。刺激はしない方がよろしいでしょう。私も、寺の尼僧に立ち会ってもらった上で、呉娘さんとお話しさせていただくつもりです」

「いや、こちらの気持ちを示したいのだ。場合によっては、減刑の交渉に発展することもあるだろう」

「危険です、あまりにも」

洪進の気持ちはわかるが、うなずくわけにはいかない。

そこに明啓が、ひとりで客間へと戻ってきた。

「話は終わったようだな。さぁ、翠玉、西護院に向かおう。あとは洪進がうまくやってくれる」

翠玉は立ち上がり、明啓に近づいて、その袖をぎゅっとつかむ。

「お待ちください。危険です！」

呉娘が呪詛をかけたのは、二度。

一度目は、洪進に。――ふたりは、一度だけ食事を共にしている。

二度目は、翠玉に。――呉娘と翠玉は、呪詛が行われた時点では接触していない。

どちらにも、呪詛をかけられたという自覚はなかった。

呪詛がいかにしてかけられるのかわからぬまま、呉娘のいる寺院に近づくべきではないだろう。

「危険を避けるために、俺が門の前で待つのでも構わない」

「それでしたら、たしかに危険は避けられましょう。しかし……」

「幽閉という罰を課しておきながら、こちらの都合で助力を乞うのだ。気持ちを示さねば。このバカバカしい茶番を、さっさと終わらせたい。力を貸してくれ、翠玉」

明啓の瞳には、はっきりとした意思が見える。

翠玉とて、こんな茶番にいつまでもつきあってはいられない。

（あんな呪いの文、放置できないわ。きちんと終わらせなければ。できるだけ傷の浅いうちに……それならば、何度も出直すよりも、きちんと筋をとおした方がいい。宋家のためにも、三家のためにも）

今を逃せば、企みは続き、傷は深くなるばかりだ。

暮らしを脅かされる者も増えていくだけ。

この双子の提案する一手は、早期解決の肝になるだろう。

「わかりました。では……ご一緒させてくださいませ」

「そうこなくては。共に力をあわせよう」

明啓の大きな手が、差し出される。

出会ったその日から、この手に導かれて歩みを進めてきた。いつも彼は、翠玉に前へと進む勇気をくれる。

「……はい」
翠玉は心を定め、小さな手を夫の手に重ねたのだった。
琴都、と一言で言った場合、多くは城壁に囲まれた城内を指す。
地名としての琴都は、周辺一帯の盆地も含む。
古くから栄える琴都の胃袋を支え続けた、豊かな土地だ。
のんびりと、その城外の西側を馬車は進んでいく。
（まさか、ただの避暑がこんな大事《おおごと》になるなんて……）
翠玉は、黒い扇子を動かしながら、ため息を噛み殺す。
寺院への参拝を行う際の服装は、黒装束と決まっている。
帯や沓まで黒いものに替えた翠玉は、作法どおりの姿で馬車に揺られていた。
金の髪飾りも使えないため、結い上げた髪は鼈甲《べっこう》で飾っている。
貴妃としての装いからはずいぶん遠いが、占師だった頃は毎日黒装束だったせいか、
不思議と落ち着く。
「この辺りは、あまり来ることがないな」
随行の宦官と同じ、深緑色の袍を着た明啓が、馬車の窓を細く開ける。
広がっているのは、一面の水田だ。青々とした稲穂が美しい。

「郊廟は、城外の東にございますしね。近郊の離宮といえば、北ですし」

「……そういえば、北の離宮へ避暑に行こうと約束していたな……」

窓から入る、涼やかな風が、明啓の記憶を呼び起こしたようだ。

「あら、今頃思い出されたのですか？」

ふふ、と翠玉は笑った。

「俺も気のきかぬことだ。すっかりと失念していた」

明啓が、くしゃりと顔を歪める。

「ご政務はお忘れにならないのに。私との約束は儚《はかな》いものですね」

少しの意地悪を言うと、明啓は「すまない」と素直に謝った。

「毎日顔をあわせているというのに、今になって思い出すとは」

夏の避暑だけでなく、春の花見も忘れていた、と言ってもよかったのだが、やめておいた。思い出しただけでも及第点だ。

「謝らないでくださいませ。お忙しかったのですもの。しかたありません」

翠玉も、眉を八の字にして笑んだ。

お互いに苦笑し、それから、優しく微笑みあう。

「寂しい思いをさせてしまった。これで貴女を守っている気でいたのだから、思いこみというのは恐ろしいものだな」

「私とてそれは同じです。喋らず、うなずくばかりが、明啓様のためになると思っておりましたもの」

互いへの愛情や労わりが、いつしか小さな隔たりになっていた。

そうと気づいた今、空回りは罪のないものに見えてくる。

「それは違うぞ。なんの遠慮がいるものか。いつでも、思うままに話してほしい。貴女の言葉は、俺には気づけない彩りを見せてくれる」

「まぁ、大袈裟な」

「どんなに貴女がつまらないと思おうと、俺にとっては大事な話だ」

「中庭の花のお話でも構いませんか？」

「もちろん。とても重要だ」

ふたりは、優しく微笑みあった。

もやもやとした気持ちも、今だけは忘れられる。

(今は、華々さんのことは忘れましょう。……考えたくないわ)

いくら翠玉が気に病んだところで、事は動かないだろう。

もう人選まで済んでいるのだから、曹家の娘が入宮するのは時間の問題だ。

明啓と過ごす間くらいは、華々のことは考えたくなかった。

「私のつまらぬ話は、いったん横に置きますが……洪進様が、呉娘さんを西護院に移されていたとは存じませんでした」

「洪進の譲位以前から、呉娘の処遇は問題になっていたのだ。呪詛の方法は、彼女しか知らない。御簾裁判で聞き出そうとした者もあったが、呉娘は一切口を開かなかった。それゆえ、外城の恐怖は募ったようだ」

呪詛の方法は、彼女しか知らない。

わからないからこそ、恐ろしい。

洪進の言うように、闇が恐怖を増大させていったのだろう。

「そう……でしたか」

「毒を賜われ、との声も根強かった」

「まぁ……そんな！　上皇様は、冷宮送りとお決めになっていましたのに」

「あの御簾裁判は、呉娘を殺すためにあったようなものだった。それを洪進が止めたのだ。特に曹廷尉が強硬でな。三家を目の敵にしている。生かしてはおけぬと最後まで粘っていた」

「曹……廷尉ですか」

突然、知った名が出てきた。

つい昨日、耳にしたばかりである。

（……そうだったの。彼女は、三家を目の敵にする一族の娘だったのね）

思いがけないところで、点と点が線で結ばれる。

するど華々の訪問も、占いとは別の目的があったのかもしれない。

「知っているのか?」

「あ……えぇと、お名前をうかがったことがあったような気が……あぁ、そうでした。外城のことも、多少は知らねばと思い、一穂に教えてもらったのです。一穂は外城に詳しいですから。それで……」

翠玉は、慌ててごまかした。

華々の名を、どうしても出したくなかったのだ。

新たな妃嬪の入宮に、恐らく明啓は関わっていない――と信じている。だが、関わった上で翠玉に隠しているという可能性も、どこかで捨て切れずにいた。

明啓を、疑いたくない。

話題に出さないのが、最良の道だろう。

「曹廷尉は、貴女の入宮に最後まで反対していた人だ。立后も阻まれた。高祖の代から続く重臣の一家だが、祖は学者であったからか、どうにも頭が固い」

明啓は、少しだけ眉に不機嫌さを示した。

端正な夫の顔に、そのような変化が起きるのは稀《まれ》である。

(明啓様は、あまり人の評価に感情を出さないお方なのに……珍しい)

明啓は政治に私情をはさむ人ではないので、それだけ曹氏側の態度が目に余るものだったのではないか、と翠玉は推測した。

その三家の目の敵にする者が、自身の娘を後宮に入れようとしている。

目的は、問わずとも知れた。

ずん、と腹のあたりが重くなる。

（華々さんは、私を蹴落とすために入宮するのね……あの占いも、異能を確かめるのが目的だったのかもしれない）

華々に頼まれたあの占いも、断るべきだった気がしてくる。

後悔したが、もう遅い。

すでに翠玉は、曹家の娘の前で異能を示してしまった。

異能を疎《うと》む者にしてみれば、あの占いも、呪詛と変わらぬ忌まわしい技だろう。

「曹廷尉は、私の廃位を望んでおられるのでしょうか？」

「いや、さすがの曹廷尉も、廃位とまでは言っていない。別の妃嬪を迎えるべきだ、とは何度も言っていたが。……案ずるな。そのようなことは、私が許さない」

明啓の手が、翠玉の手をしっかりと握る。

その大きな手の力強さが、翠玉の波立った心を少しだけ穏やかにした。

「上皇様もおっしゃるように、ここで呪詛の方法を明らかにするのは大事でございますね。外城には、三家を闇雲に恐れる者も少なくはないのでしょうし」

「そうだな。今後のこともある。疑いや恐れを晴らしたい。――これで呉娘が口を開いてくれればいいのだが。恐れだけが徒《いたずら》に広がるのは、呉娘のためにもならん」

明啓が、馬車の窓に目をやった。

のどかな田畑が続いている。キラキラと光る川の水面も遠くに見えた。

琴都の賑やかさとは程遠い静かさだ。民家さえ疎《まば》らであった。

（西護院は、ずいぶん寂しいところにあるのね……）

翠玉は、明啓が見ているのとは逆側の窓を開ける。

馬車の進む細い道の先に、塀に囲まれた塔が見えた。あれが寺院だろう。

黒い塀に、黒い塔。田畑の中にぽつりと建つ様は、さながら陸の孤島である。

（なんだか、変わった寺院だわ。……塀が高くて、まるで要塞みたい）

塀は、人の背丈の三倍はあろうかという高さだ。

その物々しい様は、のんびりとした田園風景にはそぐわない。

「西護院は……獄ではなく、尼寺院でございますよね？」

ひとしきり辺りを見渡して、翠玉は改めて確認してしまった。

「貴人の幽閉場所になってから、何度も塀が改修されているはずだ。一度入れば二度とは出られない……と言われている」

二度とは出られない。恐ろしい言葉に、身震いしそうになる。

黒く高い塀は、十分にそのような雰囲気を醸《かも》し出していた。

（呪詛の疑いで御簾裁判にかけられたら、私もここに幽閉されてしまうのかしら。二度と出られないという寺院に……）

想像した途端、身震いは本物になった。

なにかを察したのか、明啓が、握ったままになっていた手に力をこめる。

「寺に行く心配などしないでくれ。隠居をするのなら、もっと南がいい。琴都より暖かい土地で暮らそう。夫婦ふたりで、一緒に。――だが、今はまだその時期ではない」

翠玉の不安は、明啓に伝わっていたようだ。

労わりに満ちた夫の言葉に、翠玉は笑顔でうなずいた。

「……そうですね。まだ、寺には入りたくありません」

「隠居の話は、髪がすっかり白くなった頃に改めてするとしよう」

「今度のお約束は、儚くお忘れにならないでくださいませ」

翠玉の軽口に、明啓は笑いながら「努力する」と答えた。

「さて、そろそろ着くな。これから、俺は随行の宦官として振る舞う」

「え？　明啓様が……？」

無茶なことを言いだすものだ。

翠玉は、明啓を上から下まで見つめた。

(見えないわ。全然！)

たしかに、服装は宦官と同じだ。

斉照殿と月心殿で働く宦官は、深緑色の袍を着ている。今、明啓が着ているのも深緑の袍だ。——だが、さすがに無理がある。

外見からして無謀だ。声でも気づかれる。もっとも無理があるのは動作だろう。宦官は背をかがめて小走りに歩くもので、明啓のように堂々と歩きはしない。

「名は……そうだな、啓児《けいじ》、とでもしておくか」

あくまでその作戦を通す気らしい。

実に堂々と偽名を決め、納得している様子だ。

(どう間違っても、宦官には見えないけれど……)

翠玉は、案を呑みこまぬまま「わかりました」と返事をした。

「け、啓児ですね。では、そのように呼ばせていただきます」

「呉娘にだけは、正体を明かしてくれ。気持ちを示すためにここまで来た、と伝えてもらいたいのだ。——着いたようだな」

西護院の門の前で、馬車が止まる。

明啓は先に降り、翠玉は差し出された手を取った。刺繍の少ない黒い沓が、静かに地を踏む。

近くで見れば、寺院の黒い塀はいっそう高く感じられる。西護院、と大書《たいしょ》された扁《へん》額《がく》も、どこか威圧的だ。

扁額を見上げていた翠玉の耳に、人の声が届く。

（……なにかしら？）

塀の向こうが、ひどく騒がしい。

周囲があまりにも静かなせいか、高い塀の向こうの声はよく聞こえた。

狼狽《ろうばい》した声に、悲鳴じみた声まで交じる。

振り返れば、後続の馬車から降りてきた清巴が、難しい顔で「なにやら、騒がしゅうございますな」と言った。

随行には、清巴の他、女官と宦官がそれぞれ十人ずつ控えている。その周囲を守っているのは護衛の兵だ。彼らも異変を感じ取ったのか、緊張した様子である。

「なんでしょう……？　急な参拝の申し出で、慌てさせてしまったのでしょうか？」

翠玉は、すぐ横に並ぶ明啓を見上げる。

「そうだな。急なことで、騒がせてしまったかもしれん」

翠玉の知る寺院は、どれほど田舎であっても、参拝客の奉じる線香の煙が絶えないところばかりだ。

この西護院も寺院ではあるが、性質上、盛んに参拝が行われているわけではないだろう。門も閉ざされ、人の出入りが多いとも思えなかった。

(こちらも急ぎであったとはいえ、申し訳ないことをしてしまったわ)

翠玉が下馬路の長屋で占師をしていた頃、客を迎える前は毎日バタバタしていた。貴妃の参拝があると当日に知らされたのでは、さぞ準備も大変だったろう。

「様子を見て参ります」

清巴が先に扉へ向かった。

ギギ、と大きな音を立て、重そうな扉が開く。清巴はこちらに丁寧な一礼をしてから、扉の中に消えていった。

少しして、塀の向こうで大きな悲鳴が聞こえる。

まるで、世界の終わりが来たかのような悲痛さである。

(……変だわ)

翠玉は、明啓と目を見あわせる。

突然の訪問に慌てている、というだけの話ではなさそうだ。

貴人の牢獄として機能する寺院での非常事態——というと、想像できる事柄は限られる。

ひどく嫌な予感がした。

「明──啓児さん……」

不安を覚え、翠玉は明啓の袖をぎゅっと握る。

「大丈夫だ。貴女は必ず守る」

明啓は、翠玉の肩をしっかりと抱きしめた。宦官はこのような行為をしないので、宦官のふりは早くも瓦解《がかい》している。

「いえ！　逆でございます。もしものことがあれば、危ういのは明──啓児さんでは
ありませんか。私は、三家の者ですから、呪詛は効きません」

この時、翠玉がとっさに考えたのは、呉娘の脱走だった。

明啓を守らねば、と思ったのだ。

だが、もうひとつの別な想像が、パッと頭に浮かぶ。

──呉娘が世を儚んだのではないか、と。

途端に、胸が強く締めつけられる。

（嫌だわ。そんなこと……考えたくない）

翠玉は、曹廷尉のように彼女の死など望んではいない。罪は罪だが、定められた罰
以上の苦痛などいらないと思っている。

その時、薄く開いたままだった扉が、大きく開いた。

（え……？）

内部の様子が見え、翠玉は言葉を失う。

ずらりとそろった尼僧が、地に頭をつけていた。

黒い法衣。切りそろえられた髪。四十人ほどの尼僧が、一斉に平伏する異様な光景であった。

まったく見分けがつかない、と思ったのは一瞬だ。

中央にいる数人と、他の尼僧たちには明確な差がある。

体型だ。それから装飾品。

他の尼僧たちは皆、手首の骨がくっきり浮かぶほど痩せているのに、中央の数人だけはそろって手首がぽってり見えるほど肥えている。

法衣の質も、首にかけた数珠も、この数人だけはやけに豪華だ。

高位の僧侶の法衣は、大抵きらびやかなものである。そういうものだろう、と翠玉は気づいた違和感をいったん忘れた。

「西護院の院長に、江貴妃への直答《じきとう》を許す」

明啓が言えば、清巴がそのまま尼僧に「江貴妃への直答を許す」と伝える。

尼僧は頭を深く下げたまま、

「恐れ多くも、直答をお許しいただき光栄でございます、貴妃様。西護院院長の信聞《しんもん》尼《に》でございます」

と震える声で挨拶をした。

顔は見えないが、巨躯である。切りそろえられた髪には、多少の白髪が見えた。

「用件は伝えておいたはずだ。呉娘様に会わせてもらおう」

明啓の言葉に、信聞尼の頭は地へとつかんばかりに下がった。

「まことに、まことに申し訳ございません！　昨夜までは塔に――呉娘様は、たしかに塔のお部屋においででした。私がこの目で見ております」

「つまり、今、この寺院に彼女はいない、ということだな？」

明啓は、宦官とは思えぬ低い声で問うた。こんな事態の最中である。尼僧たちも、宦官の声まで気にしてはいないようだ。

「恐れながら――」

「恐れる必要はない。事実を詳《つまび》らかにしてもらいたいだけだ」

明啓が言えば、いっそう信聞尼は小さくなって震えた。

「はい。おおせのとおりでございます。呉娘様は、今朝からお姿が見えませぬ。昨夜までは、いつもどおりのご様子で――」

やや顔を上げた信聞尼の顔から、なにかが落ちた。汗だ。ぽたり、ぽたり、と石畳の上に汗が落ちている。

本当に呉娘が消えたとすれば、院長の責任は重い。首の飛びかねない不祥事だ。焦りもするだろう。

（気の毒に……）

この状態では聞き取りは難しいと思ったのか、明啓は信聞尼から目をそらした。

「……清巴。周辺の捜索と、尼僧たちからの聞き取りを。些細《ささい》なことでも構わない。今日までの呉娘の様子を詳しく調べてくれ」

「は。かしこまりました」

明啓が指示を出し、清巴は随行の女官たちに尼僧全員から話を聞くように命じる。

指示された者たちが動きだす中、信聞尼だけが微動だにしない。

横にいた尼僧が、信聞尼の身体をトン、と叩いた――途端、ぐらりとその身体が揺らぎ、倒れた。

大きな身体が、石畳の上でびくりと跳ねる。

きゃあ、と尼僧たちが悲鳴をあげた。

信聞尼の顔は苦悶に歪み、赤黒く変色していた。うめく声は、すぐに途絶える。何度か痙攣《けいれん》し、そのまま動かなくなった。

あっという間のことで、翠玉は悲鳴をあげる暇もない。

（なに？……なにが起きたの？）

明啓が翠玉を背にかばう。酷《むご》いものを見せまいと思ったのだろう。

その背越しに、人の声が聞こえた。「まさか――」「これは呪詛なのでは……」「呉娘様の……」という、恐怖の色に染まった声が。

（呪詛？　まさか呉娘さんが？）

清巴が「亡くなっております」と動揺のない声で明啓に報告する。

さらに周囲からは「呪詛だわ」「呪詛よ！」と悲鳴じみた声があがった。

（どういうこと？　わけがわからない……）

人が亡くなる原因が、呪詛ばかりのはずがない。呉娘の失踪によって、院長の心身に強い負担がかかったせいだ――と考える方が自然だ。

よく肥え、健康そうな見た目でもなかった。だが、あまりにも時機が悪い。人は、呉娘の仕業だと思ったのだろう。翠玉も、とっさにそう思ってしまった。

信聞尼の躯は、尼僧たちによって運ばれていく。

痩せた尼僧たちの細い手では、巨躯を運ぶのは大変そうだ。板に乗せようとしてうまくいかず、苦戦していた。かといって、俗世を捨てた尼僧を運ぶのに、男の兵士が手を貸すわけにもいかない。

（まだ躯には熱があるはずだわ。今、蚕糸《さんし》を使えば――）

人の躯は、温もりのあるうちは気が残っている。今すぐに手を打てば、この死が呪詛によるものか否か判断できるだろう。

とっさに、そう思った。

だが、同時に迷いも生まれる。

(異能を使ってもいいの? 貴妃の立場で。人の目のある場所で)

父は、力を持つ者は出し惜しみせず使え、とよく言っていた。人を助けてこその異能だ、とも。

だが、もう今の翠玉は市井の占師ではないのだ。軽率な行動はできない。

二度と異能を使わぬのが、平穏を得る道なのではないか。

その時、

「翠玉。無理をさせるが――わかるか?」

明啓が耳元で囁く。

意味は明らかだ。この死の原因が、呪詛か否か、判別できるか? と明啓は問うている。

目の前の死に動揺していた心が、ふいに凪《な》いだ。

(三家の人間として、事を明らかにしなくては。――明啓様のためにも)

翠玉の異能を明啓は信じ、頼っている。

応えたい、と思った。

三百五十年前、関氏に従い南から北へ渡った江家の当主も、こんな気持ちになったのではないだろうか。

「はい。躯が安置されましたら、その場で占いをいたしましょう」

　翠玉は、囁き声で返した。

「もし、呪詛だった場合は――」

「呪詛は塀を越えられません。この寺院の中に、呪詛の主がいるということです」

　囁き声の会話を終えると、明啓は、

「全員、その場を動くな！　尼僧を一カ所に集めよ！　門を固め、誰も逃がしてはならぬ！」

と宦官を装った人とは思えぬ声で、宣言したのだった。


　果たして、棺の前に翠玉は立っている。

　棺が安置されたのは、西護院の塔内の堂だ。

　ごく簡素な祭壇があり、灰壺には供えられたばかりの線香が、細く煙を出している。堂は、実に古めかしい。壁には穴が開き、床板もところどころはがれていた。棺が置かれた台も、やや傾いていて危なっかしい。

　人払いをしたので、堂にいるのは翠玉と明啓のふたりだけである。

　もし呪詛であった場合を考え、明啓はすみやかに寺院を出るのが望ましかったのだが、まだ彼は院内にとどまっている。

ひとつには、明啓が強く望んだからだ。

ふたつに、呪詛を行うには、土を掘って呪詛の蟲を埋める必要がある。明啓は今、あくまでも宦官の啓児だ。正体も明かしてはいない。短時間での呪詛は不可能である、と判断した。

そして呉娘が現在どこにいるかわからず、門の外が必ずしも安全とは断じられない、というのが三つめの理由だ。

「では、頼む。翠玉」

「はい」

棺に収まった信聞尼の顔からは、もう苦悶の表情は消えている。

（お気の毒に）

天錦城から預かっていた貴人の失踪と、貴妃の参拝が重なった。その心労はいかばかりであったろうか。

翠玉は線香を供え、信聞尼の躯に向かって手をあわせた。

「躯にも、気は通っているものなのか？」

横で同じように線香を供える明啓の問いに、翠玉はうなずきを返す。

「とはいえ、温もりのあるうちだけでございます。――急がねば」

「以前から思っていたのだが……わざわざ蚕糸で占わずとも、最初から賽《さい》を用いてもよいのではないか？──いや、すまん、こんな時に」

賽、というのは、江家に伝わる異能を用いた占いのことだ。

四神賽《ししんさい》、と名がある。

失せ物探しに適した占いだ。近距離に限るが、対象のものとの距離がわかる。

呪詛か否かを蚕糸で判断する手間を省き、いきなり賽で蟲の位置を確かめることはできないのか？　と明啓は聞いたのだ。

たしかに、今すべき質問ではないだろう。だが、いかにも生真面目な明啓らしい問いだと思う。翠玉は、少しだけ肩の力が抜けるのを感じた。

「父が言うには、不確定な事柄は、占いの精度を下げるのです。私が呪詛を見る目を持っていれば話は違うのでしょうが、目はききません。ですから、呪詛か否かを判定するところから、占いをはじめる必要があります。……李花《りか》さんの護符でもあればいいのですけれど」

「なるほどな。すまん、邪魔をした」

会釈をし、翠玉は黒い袍の懐から蚕糸の束を出す。手早く端を躯の小指に結び、もう一方を自分の手で握る。

（まだそうと決まったわけではないけれど……きっと、これは呪詛だわ。……そんな

気がしてならない）
予感が、ある。
言葉にするのは難しいが、はっきりとした輪郭をもった予感だ。
この勘とでも呼ぶべきものが、異能の延長だと言われれば納得しただろう。
それだけ、予感は明確だった。
（早く、答えを知りたい）
蚕糸をすぅっとひと撫でする。
信聞尼の指に結んだところから、ぼぅっと白い光が発した。
光は、糸をゆったりとたどってくる。
光に勢いがないのは、すでにこの身体から命が失われているからだろう。
（なんて重い気なの……！）
悲鳴をあげそうになるのを、ぐっとこらえる。
白い光は、粘度のある液体のように糸を包み——ぽとり、と切れ、床に落ちた。
「呪詛だ」
翠玉が言うよりも先に、明啓が答えを出す。
切れた糸の端は、融けていた。洪進を蝕む呪詛を調べた時と、まったく同じである。
不思議と、驚きはなかった。

なるべくしてなったように思えたからだ。

驚くべきは、むしろ気の重さである。

これほどの重い気に、翠玉は触れたことがない。

ごくり、と翠玉は生唾《なまつば》を飲んだ。

「……すぐに四神賽を用います」

「頼む」

翠玉は、蚕糸を懐にしまい、次に小箱を出した。

小箱からころりと出てきたのは、黒、青、白、赤の四つの賽だ。

「この呪詛を成就させた、蟲はいずれに？」

賽に向かって口早に問い、ころりと転がす。

出た目は、すべて――【一】だ。

つまり、呪詛の蟲は、この屋根の下に存在する。

明啓には、答えを告げるまでもなく伝わったようだ。

ふたりはそろって、足元を見る。

床は古い木製で、ところどころ穴が開いている。穴の下には、石や土が見えているので、蟲を埋めることもできそうだ。

「この床下だな。――我々は、早々にここを出た方がいい」

「はい。すぐにも」

そろって祭壇に手をあわせ、ふたりは堂から走り出た。

明啓は外で待機していた清巴に結果を伝え、門に向かいながら指示を出す。

清巴は、以前も埋められた呪詛の蟲を見つけ、処理をした経験がある。あとは任せても大丈夫だろう。

辺りで兵士や女官たちが、慌ただしく動いている。

ふたりは、門の前で待つ馬車に乗りこんだ。

すぐに動きだした馬車の中で、翠玉は頭を抱える。

（とんでもないことになってしまったわ……）

呉娘は、西護院から姿を消した。

信聞尼は、呪詛によって命を奪われた。

西護院に着くまでは、まったく想像もしていなかった事態だ。

「……逃亡にせよ、呪詛にせよ、彼女ひとりで成し得たとは思えない。協力者でもいなければ不可能だ」

ぽつり、と明啓が呟いた。

しかし天涯孤独の、養家とも縁の切れた呉娘に、協力者がいるとは考えにくい。彼女が西護院にいると知る者さえ、ごく少ないはずだ。

あの絶海の孤島のごとき尼寺院においては、外部との連絡もままならかっただろう。人の出入りは少なく、塀も堅牢《けんろう》だ。

「本当に、彼女なのでしょうか……」

翠玉も、呟きに似た言葉を漏らしていた。

やはりこれも、勘のようなものだ。

――この呪詛は、呉娘の手によるものではない、と頭の中で声が響いている。

「どういう意味だ、翠玉」

「異能を持っていようと、我らは無闇《むやみ》には用いません。明啓様が剣をお持ちで、武術に秀でておられるからといって、徒に人を斬らぬのと同じです。たしかに、人を殺せば騒ぎが起きて脱出はしやすくなるかもしれません。ですが、頼る者のないはずの彼女が、そうまでして外に出て、その後どうするというのでしょう」

「協力者がいるはずだ。脱出後、保護する者も必要になる。あの姿では――」

明啓は、言葉を途中で止めた。

はっきりと発言をしなかった理由が、翠玉にはよくわかる。

呉娘は異能の代償で、人の姿を失っているからだ。

具体的に言えば、角がある。

親指ほどの大きさの角が、頭から生えているのをこの目で見た。髪飾りや布などで隠そうと思えば隠せるだろうが、死ぬまで隠しとおすのは難しい。

(彼女は自分の意思で寺院を出たの？　なんのために？)

疑問は、次々と湧いた。

失踪が彼女の意思でないとすれば、誰が、なんのために、呉娘を連れ出したかを考える必要が出てくる。

(一体、誰が彼女を？　その後の暮らしも守れる人でなければ、連れ出しなどしないはずよ)

そのような存在が、彼女にいたのだろうか？

いない――はずだ。

三家の末裔。

異能の所有者。

近しい存在など、少なくともこの国にはいない。

いるとすれば――

「あ――」

ひとつの可能性が、閃《ひらめ》く。

翠玉は虚空を見つめたまま、声を発していた。

「どうした、翠玉」

「まさか……いえ、でも……」

三家の縁者。南から来たという、小柄な人々。

つい先日、翠玉はその存在を示唆《しさ》されていた。

「教えてくれ、翠玉。なにが手がかりになるかわからん」

「私を離宮に招いてくださった姜太妃は、なにか、大事な話があったそうなのです。文が……そう、ご実家から文が届いたとか」

「文か。なにが書かれていたのだ？」

「急なお産でしたので、まだお話はできていません。周太后を介してお聞きしただけなのですが……その文によれば、極北の港に、南から来た三家の者を探す一団があったそうです」

明啓は、険しい表情で身を乗り出す。

「三家を探す集団か……。もっと詳しく、その話を聞かせてくれ」

「皆、私のように小柄であったこと。今年の春頃の話であったこと。それ以外はわかりません。姜太妃にうかがえば、もっとなにかわかるかもしれませんが……もしや、呉娘さんは、その人たちに攫《さら》われたのでしょうか？」

「落ち着け、翠玉。情報がそろうまで、徒に心を乱してはならない。三家に関わる者の身辺を守らせよう。もちろん、貴女の身とて、必ずや守ってみせる」

姜太妃の実家から届いた話が、これほどの恐怖となって我が身に襲いかかってこようとは、想像だにしていなかった。

(怖い……)

考えれば考えるほど、嫌な予感に押し潰されそうになる。

明啓が、しっかりと翠玉の手を握る。

今はこの温もりだけが、心の拠り所だ。

走る馬車の中で、翠玉は父祖の霊に祈った。

あの気の毒な尼僧の躯が、頭から離れない。

この闇は、人の命を奪い得る恐ろしいものだ。

翠玉は、ひたすらに祈った。

——闇が明けるまでに、誰もこれ以上傷つかぬように。

第二話　南からの使者

離宮に清巴《せいは》が戻ってきたのは、西護院《せいごいん》の事件の翌朝だった。

ふたりは、東翼殿《とうよくでん》の客間の長椅子に並んで座り、一連の報告を受けた。明啓《めいけい》はいつもの濃紺の袍で、翠玉《すいぎょく》はごく淡い翡翠色の袍を着ている。明啓はいつもどおりの様子だが、翠玉は続く心労のせいで、顔に疲れがにじんでいた。

「呉娘《ごじょう》様は、いまだ見つかっておりません」

残念な報せだが、安堵もある。翠玉は、小さく吐息を漏らした。躯が見つかったのとは違って、まだ希望が持てたからだ。

続いては、西護院の塔の床下から発見された、呪詛の蟲の件だった。

「塔の床下の、大きな敷石の下に箱がございました。敷石は、女性の力で動かせるものではございません。協力者が、少なくとも数人はいたはずでございます。痩せて非力な尼僧の腕であれば、人数は倍以上必要だったでしょう。掘り起こした蟲の箱は、焼却しておきました」

尼僧たちへの取り調べの結果が、次に続く。

西護院の尼僧は、院長も含めて三十八名。修行を受けた尼僧は六人だけで、残りは罪人と、様々な理由で逃げこんできた女たちだそうだ。

「冷宮にいた呉娘様の侍女らは、西護院に同行しておりません。御簾裁判でも呪詛への関与なしと認められております。呉娘様が西護院に移る際に赦免《しゃめん》され、実家へ戻りました。昨年のうちに、全員が嫁いだそうです」

侍女たちについては翠玉も気にかけていたので、以前にも清巳に尋ねている。いずれ許されるだろう、とは聞いていたが、自由の身になっていたのは知らずにいた。

「尼僧らのほとんどは、呉娘様の姿を一度たりとも見ておりません。移送の際は夜中で、そのまま塔に入ったとのこと。塔の中層は人の出入りもなく、ほとんど信聞尼《しんもんに》だけが監視をしておりました。世話係の尼僧は夕のみ食事を届けており、当日の朝、不在に気づいたのは信聞尼であったようです。前日の夕まで、なんの変化もなかったと申しておりました。信聞尼の死は、呉娘様の呪詛によるものだと、尼僧たちは皆、怯えております」

明啓と翠玉とは、顔を見あわせた。

「収穫はなしか。……なにもわからんままだな」

明啓は、うむ、と唸《うな》って腕を組んだ。

「そうですね。残念ですが」

翠玉は、唇を軽く噛んだ。

結局、呉娘から話は聞けず、呪詛に関する情報は得られていない。

姜《きょう》太妃の体調も戻らず、実家から送られてきたという文の内容はわからないままだ。姜太妃は、実家からの文は鍵のついた文箱に収め、余人には決して見せないそうである。極北の港に現れた一団の情報を得るには、姜太妃の回復を待つしかなかった。早くも手詰まりだ。事の全容は見えず、打つべき手も見つからない。

わかるのは、脅威がひたひたと、足元まで迫っているということだけである。

清巳は、報告を続けた。

「引き続き、西護院周辺の捜索は続けております。周囲に隠れられるような場所もございませんし、女性の足でございますから、すぐに見つかるものと思っておりましたが――まだ成果は出ておりません。組織的な犯行の可能性も考え、関所の人員も増やしております」

事件自体は、ごく小さなものだ。

琴都《きんと》の城外の尼寺で、罪人がひとり消え、院長が死んだ。それだけの話である。

だが、消えた罪人は、皇帝への呪詛を行った者だ。

これを有耶無耶《うやむや》にしては、宋《そう》家の沽券《こけん》に関わる。失踪だけでも大問題だ。早期に保護し、事の収束を計る必要があった。

明啓の不在を牀の上で守っていた洪進《こうしん》は、呉娘の件を聞いて本当に寝こんでしまったそうだ。

だからあの時、毒を賜っておけばよかったのだ――という声が、どこかから聞こえてくる気がする。

清巳は、一礼して部屋を出ていった。

客間には、ふたりだけになる。

「一体、なにが目的なのか……私には、まったく見えません」

長椅子から立ち上がり、翠玉は辺りをうろうろと歩きはじめた。

池に映る離宮の建物は今日も美しく、蓮の花も朝露を弾いて輝いている。

こんなにも美しいものに囲まれながらも、翠玉の眉間には深い憂いが刻まれていた。

「謀《はかりごと》というものは、相手に気づかれぬよう進めるのが常だ。初手が仕掛けた側に有利なのは致し方ない」

明啓は長椅子から動かず、泰然としたものだ。

しっかりとした眉と眉の間には、シワひとつ刻まれてはいない。

その冷静さを、頼もしく思う。自分もそうあらねばと思うのだが、そわそわとするばかりで、有効な手などさっぱり思いつかない。

ぽん、と明啓が自分の座っている長椅子の横を叩く。

落ち着け、と言われているのだろう。

「勇ましいのは貴女の美点だが、焦りはあちらの思う壺だ」

「そう思えば思うほど、落ち着きません」

もう一度明啓が、ぽん、と長椅子を優しく叩く。

翠玉は抵抗を諦めて、古めかしい長椅子に腰を下ろした。

「貴女のそういうところが、俺は好きだ」

愛おしくてならぬというように、明啓は目を細めた。

面映ゆさに、翠玉の頬は熱くなる。

「……空回りばかりしているのは、自分でもわかっております。私は、明啓様のように賢くも、冷静にもなれそうにありません」

「なにを言う。二年前、我ら兄弟を救ったのは、貴女の前を向いて進む力だった」

「空回りばかりでしたけれど」

翠玉が肩をすくめると、明啓は首を横に振った。

「空回りを恐れていて、なにが成せるだろう。貴女には、どれだけ勇気をもらったか知れない。――ありがとう」

自分を見つめる目の優しさに、翠玉の頬はかぁっと熱くなる。

細くした目を、明啓はいっそう細くした。

こんな風に穏やかに笑む顔を見たのは、久しぶりのような気がする。

「そう言っていただけると、少し気が楽になります」

今回の事件では、自分の存在が夫の足手まといになっている。気持ちは重くなるばかり。昨夜の心配事の三割は、申し訳なさに由来していたくらいだ。

そこに他でもない夫からの感謝の言葉をもらい、背負う重荷がふっと軽くなったような気がした。

「毎日、顔を見るたびに感謝している」

「……本当に？」

翠玉は、眉を思い切り寄せてしまった。

ここは黙って言葉を受け入れるべきところなのだろうが、このところの騒がしさを思うと、疑いたくもなる。今ここにいるのが三家出身の翠玉でなければ、明啓の日常は、もっと凪いでいたはずだ。

「疑ってくれるな。貴女の言葉には、いつも励まされ、癒されてきた。どれほど政務に追われていても、貴女といる時間だけは安らげる」

「私、明啓様のお時間を奪ってばかりで、申し訳なく思っておりました」

明啓が困り顔をして「参ったな」と頭をかく。

「申し訳なく思うとすれば、癒される一方の俺の方だろう」

「いいえ。私にとっても、大切な時間です。とても幸せな気持ちになりますもの」

「ならば、互いに与えあっていたということだ。なんの問題もない」

「……私の、早とちりでございましたね」

空回りの連続である。

翠玉は、思わずため息を漏らす。

「夫婦というものは、愛が揺らぎさえしなければ十全《じゅうぜん》なわけではないらしい。いい勉強になった」

生真面目に明啓が言うのに、笑みを返す。秀才として世に広く知られた人らしい言《げん》である。

「本当に。私も多くを学びました」

「惜しんだつもりはなかったが、いっそう貴女への愛を示さねば」

明啓は、翠玉の手を取り、そっと甲に口づけた。

「もう、十分に」

笑顔で言えば、明啓も朗らかに笑んだ。

「この問題も夫婦で一緒に乗り越えていくとしよう。焦らず、ひとつひとつ山を越えていかねば。――まずは、この事件を解決するところからだ」

こくり、と翠玉はうなずいた。

「そうですね。……けれど某君も、私に要求があるならば、直接、はっきりと言ってもらいたいものです。あれこれこちらが意図を探らねばならぬというのも、互いに時間の無駄ではありませんか」

ふん、と鼻息も荒く、翠玉はこの場にいない某君への苛立《いらだ》ちを口にした。

まだ翠玉の手を包んだままの明啓は「そうだな」と相づちを打つ。

「かといって、突然あちらの要望を言われても困るだろう」

翠玉は、大きな目をぱちくりとさせて、それから難しい顔をする。

「内容によります」

「地位を捨てろと言われたら？」

「断ります」

「離縁しろと言われたら？」

「断ります」

翠玉が、即答を二度続けると、明啓はおかしそうに笑った。

「俺も断る。恐らくそういう内容なのだろう。正面から攻めても、貴女なり、俺なりが断ることがわかっている。だから、彼らは要求が通るように搦手《からめて》を使うのだ」

明啓の、切れ長の涼やかな目が窓の向こうを見ている。彼の目にはなにかが見えているのだろうか。翠玉には、さっぱりわかっていないというのに。

「どちらにせよ、はっきり伝えていただきたいです」

「存外、もう接触はあったかもしれんぞ。なにか、思い当たることはないか？」

その時、パッと浮かんだのは華々《かか》の顔である。

ちょうどこの客間で、この長椅子に座って、彼女と会話をした。

朗らかな印象の、若く美しい娘。

しかし翠玉は、

「いえ」

と答えていた。

(きっと、直接は関係ないわ。彼女は、ただ私に挨拶をしに来て、ついでに占いを頼んできただけだもの。明啓様にお伝えする必要はない。三家嫌いの父親になにか言われたかもしれないけれど……)

一度口を開けば、あの娘は何者ですか？　なぜ私入宮はいつ？　なぜ私に黙っていたのでに黙っていたのですか？　そんな風に明啓を問いつめてしまいそうだ。

それだけはしたくない。翠玉にも意地がある。だから、どうしても言えなかった。

「そうか。もし、なにかあれば必ず俺に教えてくれ。それが、俺の歓迎しない内容であってもだ。約束してほしい」

「……わかりました」

「貴女を信頼している。どんな選択であっても、必ず尊重すると約束しよう」

明啓を見上げて、翠玉はわずかに眉を寄せる。

「明啓様を困らせるような選択は、したくありません」

「互いに、夫婦になるまでは別の人生を歩んできたのだ。意見や利害が一致しない場面もあるだろう」

翠玉は、首を横に振った。

「そうだとしても、共に生きると誓いました。私が、自ら望んで明啓様から離れるわけがありません」

「嬉しいことを言ってくれる」

「なにも嬉しくありません」

「貴女を誰にも渡すつもりはないが……貴女自身がそう望んでくれるのならば、これほど嬉しいことはない」

大きな明啓の手が、翠玉の髪を撫でる。

触れた髪飾りが、ちりりと涼やかな音を立てた。

わずかの間、柔らかな抱擁に安らう。

こうしていると、深い憂いも忘れられた。

どんな困難も、明啓とふたりでならば乗り越えられる。そう信じた結婚前の気持ちを、ふいに思い出していた。

どんなことがあっても。――だが、翠玉はもう不安を覚えていた。

抱擁の安らぎは、一瞬で終わってしまう。美しい池の上の渡り廊下を、今出ていったばかりの清巴が、小走りに移動してくるのが見えたからだ。

「あ、清巳が……」

今回の件は、死者まで出ている。これ以上、嫌な報せは続いてほしくない。

翠玉は、明啓から身体を離そうとする。

だが、かえって強く抱きしめられ、翠玉もぎゅっとその背を抱きしめ返した。

「案ずるな。……寝室で休んでいるといい。少し、顔色が悪いようだ」

明啓は、翠玉を一緒に立ち上がらせ、そっと額に口づける。もう一度「案ずるな」と囁く声に、翠玉はうなずきを返した。

「……はい」

「ついでに、洪進の様子も見てくるとしよう。夕食までには戻る」

「わかりました。では、私はこれで」

翠玉は、明啓に一礼してから客間を出た。

(嫌な報せでなければいいけれど……)

広々とした短い廊下の端の棚には、可愛らしい壺がいくつも並んでいる。

その向こうの、池に張り出した場所にあるのが、翠玉の使っている寝室だ。

上品な月心殿《げっしんでん》とは違って、東翼殿の南側の部屋は、どこか可愛らしい。

きっとこの調度品は、愛らしい姫君のために用意されたのではないだろうか。自分もいつか娘を持ったら、こんな部屋に住まわせたいと望むのかもしれない。

——いつ来るか、そもそも来るかどうかもわからない未来の話だが。

「思い思われ、本当に芝居のようなご夫婦に、なんだってあっちからもこっちからも横槍が入るのでしょう。放っておいてほしいですわ」

寝室で牀を整えていた一穂《いちほ》が、ぷりぷりと怒っている。

一穂は、自由だ。芝居の初日だ、千秋楽だ、と言っては休みを取って、城内の芝居小屋に行ってしまう。年齢は翠玉よりもひとつ上だが、絶対に結婚はしないと断言していた。芝居どころではなくなるからだそうだ。

翠玉が自由な一穂を歓迎しているように、一穂も今の立場が気に入っているらしい。

この陰謀が進めば、一穂も職場を奪われる。二年前の事件で、呉娘の侍女たちは、とばっちりで冷宮に一年近く幽閉された。陰謀など、彼女にとってもいい迷惑なのだろう。

「そうよね。……本当に、困ったものだわ」

翠玉は、窓に面した椅子に腰を下ろした。

池と、塀の向こうの森がよく見える。庭には、時折栗鼠《りす》が迷いこむそうだ。

「ひとまず、お茶にいたしましょうか？」

そうね、と答えるより先に、ぐぅ、と大きく腹の音が鳴った。

「あら、いやだ」

翠玉は、腹を押さえて苦笑する。

「頭を使うと、お腹が空くものですわ。今、お持ちいたしますね。あぁ、そうそう。李花《りか》様から、お文が届いておりましたよ。そちらの文箱に入れておきました」

椅子のすぐ近くに、華やかな草花が彫られた卓がある。

卓の上に置かれている文箱は、月心殿から運んできたものだ。

螺鈿《らでん》の三日月が美しい、気に入りの文箱である。

かたりと箱を開ければ、まだ開けていない文が一通。

李花からの文は久しぶりだ。

二年前の事件で、劉《りゅう》家の末裔の李花とは、共に呪詛に挑んだ仲だ。今は後宮の波風とは無縁な暮らしをしている。

とはいえ、穏やかな市井の暮らしにも波風はある。初夏の頃に届いた文では、義父と義母の体調が優れず、護符稼業も続けられなくなった、と書かれていた。

(李花さん、お疲れの様子だったけれど……元気でいるかしら)

ぱらりと表紙《おもてがみ》を外し、卓に置く。

開いた文に並ぶのは、李花らしい、角を崩さない文字だ。

懐かしさに目を細める。

その翠玉の目が、文の上を数行進んだところで、ぱちりと大きく開いた。

「……あら！　李花さん、ご懐妊ですって！」

「それはそれは、おめでたいことでございますね！」

椿円の卓で茶器の用意をしていた一穂が、明るい声を出す。菓子を運んでいた五穂《ごほ》も「おめでたいことでございます！」と喜んでいた。彼女たちも李花と親しい。

「たしかにおめでたいけれど……」

翠玉は、喜びを示していた顔を曇らせた。

喜びと同時に湧いた、嫉妬めいた気持ちを隠すのには慣れている。

だが、この陰謀に関わる不安ばかりは隠せない。

「そうですね。こんな面倒な時ですし……」

翠玉が感じた不安は、一穂や五穂も同じく感じたようだ。

「はじめてのお産で大変でしょうに。嫁ぎ先のご苦労の上に、三家がらみの心労まで重なるなんて……」

「こうしたことは、機を選べませんから。けれどご安心ください。今頃は、もう陛下の手配した兵士が護衛をしておりますよ。きっと大丈夫です」

一穂の励ましを受けつつ、翠玉は椿円の卓まで移動した。

茶は部屋の主が淹れるものだ。翠玉は、一穂と五穂の分も茶を淹れる。

侍女と茶を飲むなど言語道断、と月心殿では年配の侍女に止められるが、幸いここは離宮である。口うるさい侍女もいない。

茶と菓子を囲み、三人は一息つくことにした。

「やっぱり、用があるならはっきり言ってもらいたいわ」

南瓜《かぼちゃ》の種を食べながら、翠玉は客間でしていた話の続きを口にした。

うんうん、と一穂がうなずく。

「呪いの文を送りつけてきた某君はともかく、その極北の港に現れたという三家と縁のありそうな方々は、どんな用があって、遥々《はるばる》と康《こう》国まで来たのでしょう？」

宇《う》国の高祖に仕える以前、三家がいた土地の話はほとんど聞いたことがない。どこの国です？ と聞いた時、父は蓉《よう》、という国だ、と言っていた。

以前、斉照殿《せいしょうでん》で見た地図上に、蓉国は存在していた。中原の南方の、海に面した小国だ。国土は康国の十分の一程度しかない。

「その人たちだって、用があるなら教えてくれたらいいのに」

「呉娘様が西護院から姿を消されたのですから、その南から来た者たちが、三家の末裔を攫いに来たのかもしれませんよね。芝居でしたら、使者は絶世の美青年と相場が決まっておりますけれど」

ふふ、と一穂が笑う。一穂の影響で、同じく芝居好きの五穂も笑っている。

「そうね。そうして恋が芽生えて、迎えられた先で幸せに暮らすのよね」

南瓜の種を、皿からまた手に取りつつ翠玉は笑った。一穂の話は、いつも芝居に偏《かたよ》っている。

「仮に、その南からの使者が康国内の三家の末裔を攫うつもりだったとして……呉娘様に続いて、翠玉様や李花さんまで攫う気なのでしょうか？」

一穂は、首を傾げる。つられて、翠玉も首を傾げていた。

「攫って、どうするつもりなのかしら？」

「そういえば、そういう筋の話がありましたね。王族の血を引く娘が、実家の事情で婚家から連れ戻される話です」

「あぁ、覚えているわ。それ、新妻が婚家を離れがたくて、自ら命を絶つ話じゃない？　なんだか、お芝居はすぐ人が死ぬわね」

「よく人も死にますけれど、婚家で苦労する女も多いです。悪い婚家で苦労しているところを実家側の美青年が助け出す話もあれば、悪い実家が無理やり連れ戻そうとして、妻が世を儚む話もございますね。この場合は夫が美青年です」

「あぁ、そうよね。その話も最近――」

と言いかけて、翠玉はふと、それが芝居の筋であったのかどうかを見失った。

一穂から聞いた芝居の話であったようにも、別であったようにも思う。

雑多な記憶の中から、ふっと浮かんできたのは、華々の顔だ。

(あぁ、そうだ。華々さんの悩みもそんな話だったわ……)

翠玉は、南瓜の種を手に取ったまま、しばし考えこんだ。

――私は、然るお方をお助けしたいのです。

――お気の毒で、見ていられません。

(なんだか、話がこんがらかってきたわ。どういうこと？ これは偶然？)

新たな妃嬪候補。呪いの文。呉娘の失踪。死んだ尼僧。南からの使者。

どれもがそれぞれ、複雑に絡みあっているような気がする――のだが。

翠玉の目には、まだ繋がりの糸が見えていない。

(もっと情報が欲しい。このままじゃ、某君のいいように翻弄《ほんろう》されるだけだわ)

翠玉は、必死にこれまで起きた出来事を反芻《はんすう》する。

「どうなさいました？ お加減でも？」

一穂が、翠玉の顔を覗きこむ。五穂も、心配そうな表情をしていた。

彼女たちは、宋家に直接仕える諜報官だ。外城の事情にも詳しい。多くの情報を手に入れられるだろう。

「情報が欲しいわ。姜太妃の回復を待ってはいられない。力を貸してほしいの」

そう言うと、一穂と五穂は目を輝かせた。

「喜んで。この労働環境を守るためならば、なんでもいたします」

「お任せを。私も、冷宮行きなどまっぴら御免です」

　このふたりは従姉妹同士だそうで、顔立ちもよく似ているが、声も似ている。

「ありがとう。助かるわ。それで——まずは、呪詛の方法を知りたいの。御簾裁判の記録を確かめられる？　侍女には罪がないと判断されたんだもの、大したことはしてないはずよ。……そう、大したことじゃないのよ、呪詛に必要なものは」

　一穂と五穂が、互いの顔を見あわせ、うん、とうなずきあった。

　サッと一穂が立ち上がり、「すぐに記録を調べさせます」と言った。

　五穂も「侍女たちにも話を聞いてきます」と続ける。

「他にはございますか？　今から天錦城《てんきんじょう》に指示を出しますので、ついでがあれば」

「あとは……あぁ、そうだ。ついでに華々さんのことも調べてもらいたいの。なぜわざわざ離宮まで来たのか……」

　翠玉が言うと、一穂と五穂はまた互いの顔を見あわせた。

「あの、翠玉様。華々さんとおっしゃいますのは？」

　五穂が不思議そうに尋ねる。まったくはじめて聞く名だ、とでも言うように。

　三人は、そろって目をぱちくりとさせる。

「え？　離宮にいらした、曹《そう》廷尉の娘さんよ。二日前、私が離宮に来た日に訪ねていらしたじゃない？　曙色の袍を着た、綺麗《きれい》な娘さんよ。小柄で目が大きくて、愛らしい感じの。……本当に覚えていない？　ほら、姜太妃のお産がはじまって、周《しゅう》太后がお帰りになったあとに……」

翠玉は、身振り手振りも交えて説明をする。

しかし、ふたりの表情は変わらない。

（どういうこと？　どうしてわからないの？）

あの時、翠玉は茶を淹れている。三度もうっかり音を出してしまったのだ。勘違いのはずはない。

「翠玉様。恐れながら、その日は――いえ、今日まで離宮に来客はございません。おひとりたりともです」

翠玉は立ち上がり、文箱を確認するために卓まで急いだ。

あの日、翠玉は名札を受け取っていない。だが、来客があったならば、必ずや文箱に名札が入っているはずである。

だが――ない。

文箱の一番上にあるのは、李花からの文。その下にあるのは、離宮に来る前に受け取った、もう返信を終えた文だけであった。

「たしかに、私、あの日……曹廷尉の娘さんの、華々さんという方とお話ししたのよ。お茶も淹れたし、占いまでしたわ」

茶器を、一式運んできた女官がいたはずだ。

一穂と五穂は、月心殿づきであるから、桜色の袍を着ている。だが、あの女官は紺色の袍を着ていた。

（顔は覚えていないわ。茶器を持ってくるなら上級女官だし、顔くらい知っているはずなのに……女官にしては、少し小柄だった気もするけど……）

五穂が「あ」と声をあげ、次に一穂が「あぁ」と続く。

「私、思い出しました。周太后がお帰りになったあと、鹿が三頭も東翼殿に入りこもうとしたものですから、騒ぎになったのです。そうそう、栗鼠は、殿の中まで入ってしまいました」

「栗鼠はともかく……鹿が、庭に入ってきたの？」

「はい。驚きました。追い出すのに皆が必死で……やっと鹿が帰っていったので、栗鼠が殿内に残っていないかと、部屋を確認して回ったのです。その時、あの呪いの文を見つけました」

「そう、それは騒ぎにもなるわね」

そんな騒ぎの中では、客間の状況を把握できなかったのも無理はない。

それにしても、一体誰が面会を許可したのだろう。名札とて、見つからないままだ。

（さっぱりわからないわ。どういうことなの？）

彼女が何者で、なにをしに離宮まで来たのかも謎だったが、そもそも存在しているのかどうかさえ怪しくなってきた。

「申し訳ございません、翠玉様」

「謝らないで。もっと私も慎重になるべきだったわ。……じゃあ、御簾裁判の件、お願いするわね」

はい、とふたりがそろって出ていき、代わりに紺色の袍の女官が入ってきた。こちらの女官は、茶に誘うわけにはいかない。

翠玉は楕円の卓に戻って、つややかな栗饅頭《くりまんじゅう》に手を伸ばす。

（こうなると、華々さんのことも明啓様にお伝えした方がよさそうね。……あぁ、最初から隠さずにいればよかった！）

バカバカしい、とは思うが、何度同じ場面を繰り返しても、同じ行動を取っていたような気がする。

あの美しい娘の名を、明啓が口にするのが許せなかった。

今も同じだ。許せない。伝えようと決めた直後にもかかわらず、もうためらいが生まれていた。

（恋というのは、本当にままならないものだわ。……もう婚儀から一年も経つというのに、まだこんな苦しい思いをするなんて！）

人が恋に溺れる姿は、占師という仕事柄、見慣れている。冷静な助言もできた。

だが、我がこととなると、まったく制御がきかない。呆《あき》れるほどだ。

恋は、成就さえすれば落ち着くものでもないらしい。結婚したあとの方が、よほど気持ちが強くなっている。

失いたくない。

自分だけを見ていてほしい。

葛藤と闘ううちに、また栗饅頭に手が伸びた――その時だ。コンコン、と扉が鳴り、入ってきた明啓の姿に驚く。

もう、栗饅頭は口の中だ。慌てて、茶で流しこむ。

たっぷりと盛られていた皿は、すっかり空になっている。自分の食欲に一瞬ぎょっとしたが、ここで隠すのも逆効果だろう。知らぬ顔で通すことにした。

「貴女に、話がある。そのままで聞いてくれ」

「……はい」

挨拶をしようと浮かせかけた腰を、翠玉は言われるままに下ろした。

明啓は、手ぶりで女官を下がらせる。部屋には、ふたりだけになった。

椅円の卓をはさんで、向かい側に座った明啓の表情は険しい。いつもの余裕が見えなかった。

「翠玉。俺はこれから天錦城に戻らねばならない。……俺に無断で、新たな妃嬪を迎える計画が進んでいる。もう日取りまで決まっているそうだ」

ぐさり、と槍にでも貫かれたような気分だ。

覚悟はしていたはずだが、胸が苦しい。

知らぬふりを通すつもりだったが、問いは口からこぼれてしまう。

「曹家の娘さん……でございますか？」

「知っていたのか」

明啓は、眉を上げて驚きを示した。

（やっぱり。華々さんは、入宮予定の娘さんだったんだわ……）

ドロドロとした嫉妬が、また勢いよく噴き出す。

「離宮に着いたその日に、訪ねていらっしゃいました」

「曹家の娘が？　なぜ、それを言わなかった」

なぜ――と問われて、翠玉は、

「……お心をわずらわせたくなかったのです」

そのように答える他ない。

美しく若い娘への嫉妬から、口を噤んだとは言えなかった。

明啓は、幸いにもそれ以上の追及はせず、話を続ける。

「まだ事は公にはなっていないようだ。そうなっては止める術がない。俺が直接止め、内々に破談にすれば、彼女たちの名にも傷はつかぬだろう」

この明啓の言葉に、翠玉はわずかな安堵を得た。

自分をただひとりの妻、と呼んでくれた夫は、やはり嘘をついていなかった。

（満足すべきだわ。これだけ愛していただいたのだもの）

そうと心に決めると、嫉妬の痛みも少しだけ遠のいた。

周太后の言ったように、今、ここで自分から口にするのが正しい道だ。

宋家のために。たとえ妃嬪が来ることになろうと、その夫人がいずれ皇后になろうと。その皇后が子を産もうとも。

大らかに受け入れる姿勢を、示すべきだろう。

――自分の心を殺してでも。

ぐっと拳に力をこめ、翠玉は低いところをさまよっていた目線を上げた。

「覚悟は、できております。私なら、構いません。宋家のためにも――後継ぎは必要でございますし――あ……」

冷静に伝えるつもりだった。

それなのに、意思に反し、頬の上を涙が伝っていた。

涙はぽろぽろとこぼれ、裳に染みを作る。

「翠玉……」

「も、申し訳ありません！　どうか、私のことはお気になさらず！」

慌てて、袖で顔を押さえる。

淡い翡翠の色で、視界はいっぱいになった。

「俺は、貴女以外の妻などいらない」

ごく近い場所で、声がした。

顔を押さえていた袖を外せば、目の前に跪《ひざまず》いた明啓がいる。

「明啓様……」

そっと涙を拭う手は、とても優しい。

だがその表情は、どこか寂し気だった。

「誰になんと言われようと、俺は他に妃嬪を迎えるつもりはないのだ。──俺は、父上とは違う」

寂し気な表情のまま、明啓は言った。

先帝が、後宮に妃嬪を大勢抱えながらも、次々と新たな娘を迎えていたのを琴都で知らぬ者はない。

明啓は、先帝の遺志を継いで政務に励んできた。政治の上では父親を評価していても、私生活への評価は別のようだ。

「差し出たことを申しました。お許しを」

翠玉は自分の提案を撤回した。これは、他人が踏みこんではならない、明啓の心の問題だ。

「俺の都合はいったん横に置くとして……新たな妃嬪を迎えるよう何度も進言してきた曹家が、自身の息女を独断で入宮させようとしている。貴女ならば、これをどう見る？」

「どう……と申しますと……」

「どんな印象を受ける？」

そう明啓に問われて、翠玉は今の話を頭で整理した。

（……ずいぶん強引だわ。新たな妃嬪を勧めるなら、自分の娘じゃなく、他家の娘を推薦すべきじゃない？）

いかに重臣とはいっても、あまりに欲がむき出しで、印象が悪い。

皇帝本人に無断で、入宮の日取りまで決めたというのだから、いっそう悪質だ。

「さすがに……強引すぎると思います」

率直な感想を、翠玉は述べた。

「あぁ、俺もそう思う。それでも強行してくるからには、批判をかわす筋書きがあるのだろう。恐らく、貴女を廃位させ、その功を我が物とする気だ」

翠玉は、恐怖に生唾を飲む。

「私を……御簾裁判にかける気なのですね」

「案ずるな。こちらもこれ以上黙っているつもりはない。同時に入宮を画策している趙《ちょう》家以外にも、協力者がいるはずだ。禍根《かこん》を残さぬために、ここで叩いておく」

明啓が天錦城に戻るのは、入宮を阻止するためだけでなく、曹家をはじめとした一派と戦うため――らしい。

「私も参ります」

「いや、貴女は離宮に残ってくれ。姜太妃の回復を待って、話を聞いてもらいたい。三家の眷属《けんぞく》らしき者の存在は、確かめる必要があるだろう」

「……わかりました」

翠玉は、明啓の手を、ぎゅっと強く握った。

共に立ち上がり、優しく抱きしめあう。

ほんの少しの別離でも、やはり寂しい。こんな時ならば、なおさらだ。

「……見送りはいらない。それよりもしっかり休んでくれ。今日だけでなく、このところ顔色が優れないようだ。あとは俺に任せてもらいたい。次に会う時は、すべての憂いが取り除かれているよう、力を尽くす」

優しい抱擁のあと、明啓は背を向ける。

不安と寂しさが押し寄せ、手を伸ばす――が、思いとどまった。

外城の戦いで、翠玉にできることはない。

「いってらっしゃいませ」

今は、明啓を信じて送り出すしかなかった。


――それから、ほどなくして。

トントン、と寝室の扉が鳴った。

「貴妃様。姜太妃がお呼びでございます。西翼殿《せいよくでん》へご足労いただけますでしょうか？」

菓子の続きを口に運んでいた手が止まる。

そこにいたのは、いつぞや後宮で見かけた、姜太妃づきの屈強な侍女だ。

「まぁ、では、体調が回復されたのですか？」

「いえ。まだ伏せられたままでございますが、上皇陛下が特別にご許可をくださいました。お急ぎください」

先に歩きだした女官のあとを、翠玉は急いで追った。

（嫌だわ。特別な許可なんて、まるで最期みたいな……いえ、そんな不吉なこと、考えてはいけない。きっとご無事よ。きっと……）

池の上の渡り廊下を、走るほどの勢いで進んでいく。

黄嘴殿《おうしでん》を抜け、さらに西翼殿へ。

屈強な女官は足が速い。下町暮らしの翠玉でも追うのに必死だ。振り返って確認したところ、紺色の袍の女官はまだ黄嘴殿を出たばかり。とても小さく見えた。

西翼殿に到着し、姜太妃の寝室に案内された時には、すっかり息が上がっていた。

髪も乱れ、姜太妃を案じるあまり、泣きだしそうな顔になっている。

「なんです、そのひどい顔」

牀に横たわる姜太妃は、そんな翠玉を見て苦笑していた。

口調は軽いが、頭を起こすのがやっとの様子で、端正な顔は青ざめている。

その今にも消えてしまいそうな様子に、翠玉の顔まで青ざめた。

「きょ、姜太妃。お気持ちを、どうぞ強くお持ちください！」

「大袈裟ですね。なにも遺言を伝えたくて呼んだわけではありませんよ。そんな顔をしないでくださいな。寿命が縮みそうです」

はぁ、とため息をつく姜太妃に、翠玉は「す、すみません！」と慌てて謝る。

静かに、姜太妃は笑んでいた。

こうなると、自分の慌てぶりが恥ずかしくなる。

「……皇女様のご誕生、まことにおめでとうございます。……ご無事でよかった」

丁寧に頭を下げれば、姜太妃は頬の笑みをスッと消した。

「後宮に戻った方がいいですよ。できるだけ早く」

「……はい」

「招いておいて悪いけれど……裏目に出てしまいました。涼しい顔で、簡単に産んでやるつもりでしたのに。これ以上離宮にいたら、私の不幸が貴女のせいにされてしまいます」

「なにをおっしゃるのです。不幸だなどと。なにも起きはしません！」

「……わかってないのですよ。父も、外城の男たちも。女は誰もが、競いあい、憎みあい、足を引っ張りあっていると思っているのでしょうね。バカな人たち。死の間際、安心して子を託せる相手が、女にとってはなにより大事だというのに」

「し、死ぬなんて……そんな……姜太妃、どうぞそのようなことをおっしゃらないでくださいませ！」

思わず、翠玉は牀に近づき、姜太妃の手を握った。

骨ばった華奢《きゃしゃ》な手は、ひどく熱い。

「……よく聞いてください。黄嘴殿に戻る途中で、一度立ち止まって。私の侍女が文を渡しますから、その場で読み、読んだらすぐに戻してくださいな。……それから……ひとつ、お願いがあるんです」

疲れを覚えたらしく、姜太妃はまぶたを下ろし、深く息を吐いた。

「なんでもおっしゃってください」

「文を読んでも、私と——娘を嫌わないでください」

思いがけない弱気な言葉に、翠玉は手を握る手に力をこめた。

「嫌いなどするものですか。父祖の霊に誓います」

「娘の顔を見ていってくださいな。侍女たちは、私の赤子の頃に似てるって言うんですよ。何年前の話をしているやら」

姜太妃は小さく笑ったが、すぐにケホケホと咳こみだした。

翠玉は握っていた手を放した。

立ち上がった途端、ふにゃあ、ふにゃあ、と赤子の泣き声が聞こえてくる。

真白い布に包まれた赤子が、乳母に抱かれて寝室に入ってきた。

「まぁ、なんと愛らしい……！」

赤子特有の、甘いにおいがした。思わず、顔が綻《ほころ》ぶ。

白い絹に包まれた赤子の頬は、桃色に輝いていた。姜太妃に似ている、と侍女たちが言うのもわかる。愛らしい赤子だ。

感動のあまり、赤子を見つめる目からは涙があふれてきた。

「もう、じめじめと嫌な人ですね。貴女がいると、なんだか明日にも死んでしまいそう。もう帰ってくださいな」

涙を袖で押さえて会釈をすると、姜太妃が「本当にありがとう。この幸せは、すべて貴女のおかげです」と言った。翠玉はまた泣けてきたし、今度は侍女たちまで泣きだしてしまった。

姜太妃も、忠義者たちに文句は言いにくいようだ。

侍女たちに囲まれる姜太妃に辞去の挨拶をし、寝室を去る。

そして、姜太妃の指示どおり西翼殿を出て、渡り廊下の半ばで足を止めた。

「先に戻っていて。すぐに私も戻るわ」

東翼殿からついてきた女官を先に戻らせ、池を眺めて待つ。

すぐに、目を赤く腫らした姜太妃の侍女が追ってきた。

「こちらです」

差し出された文を、礼を言って受け取る。

姜太妃は、実家から届いた文を厳重に管理し、誰にも見せないという。

この文とて、見せたくはなかったはずだ。

少しだけ、文を開くのをためらう。

だが、非常の時と覚悟を決めた姜貴妃の気持ちを、今はありがたく受け取ることにした。情報が欲しい。

外した表紙を姜太妃の侍女に手渡し、文を開く。

翠玉が普段文を交わす相手は、整った字を書く人ばかりだが、この文の文字はやや砕けていて、身内への気安さがうかがわれた。

【今こそ好機。下賤《げせん》な寵姫は廃されるだろう。そなたこそが国母《こくぼ》に相応しい】

内容は、息を呑むほどあからさまである。

このまま文を閉じたいところを、ぐっとこらえた。

(どうりで厳重に隠すわけね。こんな内容なら、他の誰にも見せられないわ)

眉間にシワを寄せたまま、気力を振り絞って読み進める。

そのあとに書かれている内容は、周太后を介して聞いたとおりだ。

極北の港町で、三家のことを聞き回っていた集団がいた、と書かれている。

南から来た、というのは、彼ら自身が言っていたようだ。

(本当にいたんだわ。南から来た人たちは……)

その南から来た一団は、三家の末裔に興味を持っており、宿や酒楼で情報を集めていたそうだ。姜家の当主は、それを知ると進んで彼らに情報を与えたらしい。

【下賤な寵姫が、世を乱していると教えておいた。怪しげな術を用い、入宮する邪魔な娘を次々と消している。間近に迫った太妃の出産にも、どんな呪詛で邪魔が入るかわからない、と】

思わず、ため息が漏れる。

翠玉を悪女に仕立て上げようとする人は、ここにもいたようだ。

（この文を見たから、姜太妃は私への疑いを晴らすために離宮へ招いてくれたのね）

改めて、翠玉は姜太妃の計らいに感謝した。

実家の意思に背いてまで、姜太妃は翠玉に助け船を出そうとしたのだ。

【今後は、近く娘を入宮させる曹廷尉と誼《よしみ》を結ぶよう。いずれ皇后になるだろう。娘には宝飾品を惜しまず贈れ】

また、曹廷尉だ。

先日から、何度もその名を耳にしている。

入宮の計画は、極北までも届いていたらしい。

【曹廷尉は、近く下賤な寵姫を御簾裁判に追いこむ。決してかばわぬよう。あの女は、宋家を滅ぼす悪女だ。不利になりそうな証言をし、廃位に導け】

下賤な寵姫。

長くはない文の中で、目にするのは三度目だ。

一度でもつらかったが、二度目、三度目と重なるたびにつらさは増す。

人の悪意というものは、人の心を簡単にえぐるものだ。

文を閉じた時、どっと疲れを覚える。

「姜太妃に、お約束は守ります、と伝えてください。――誓って口外しないとも、一言添えていただけますか？」

翠玉は、文を姜太妃の侍女に渡した。

このような文を書いたと明かされては、姜家の当主ばかりか、姜太妃の地位も危うくなりかねない。あまりに不遜《ふそん》であるからだ。ここは姜太妃への恩に報いるためにも、口を噤《つぐ》む必要があった。

侍女は、文を受け取って一礼してから、

「姫様は早くに母君を亡くされ、伯母君に養育されております」

と言い、去っていった。

この文を見せた姜太妃の覚悟が、彼女には伝わっていたようだ。

姜太妃は、生まれたばかりの娘を託す相手として、実家ではなく翠玉を選んだのだ。

女同士の絆こそが、我が子を助けるものだと信じて。

(しっかりしなくては。このまますみす廃されるわけにはいかないわ)

渡り廊下の細い柱に手を置き、翠玉は考えを巡らせている。

――翠玉を廃し、自身の娘を皇后位に据える。

それが、曹廷尉の目的だ。

(届いたあの呪いの文にも、曹廷尉が関わっているに違いないわ。某君は曹廷尉よ。姜家からの文に書いてあった内容……私が、宋家に仇をなし、入宮する娘を呪い殺す

というのは、あの呪いの文とまったく同じだもの）

じわじわと、自分が追いつめられているのを肌で感じる。

淡い翡翠の袍が、急に重く感じられた。目の端で揺れる髪飾りもわずらわしい。

急に疲れを覚えて、渡り廊下の赤い柱にすがる。

（彼らはなんとしても、私を排除する気なんだわ。……廃されて当然の悪女に仕立て上げて）

その場にへたりこみそうになった時、目の端に紺色の袍が見えた。

先に東翌殿に戻ったはずの女官が、急ぎ足で近づいてくる。

「貴妃様、お客様がお見えでございます」

女官が、恐る恐る差し出したのは、来客を告げる名札だ。【廷尉曹室】と書かれている。流麗《りゅうれい》な筆跡であった。

（曹廷尉の奥方が？……娘本人に続いて、母親が挨拶しに来たの？）

どうにも、嫌な予感しかしない。

ここで拒めば、悪い噂に繋がりかねない。かといって、厄介事《やっかいこと》も困る。

（わからない。どうするのが正解なの？）

池の鯉が、ぱしゃりと水面を叩く。

翠玉は、ハッと堂々巡りの思考からさめた。

「あぁ……曹廷尉の奥方は、今どちらにいらっしゃるの？」
「黄嘴殿の前庭《ぜんてい》で、貴妃様からのお返事をお待ちになっております」
さっそく打つ手を誤ったような気がしてくる。
前庭で長々と待たされた、と陰口を叩かれそうだ。
翠玉は「ひとまず、中にお招きして」と頼み、東翼殿に戻ることにした。
いったん招き、早々に切り上げるのがもっとも無難な道だろう。
（……私を陥れるために来たに決まってる。隙を見せないようにしなくては）
重い足をなんとか動かし、ひとまず黄嘴殿に入る。
その時――
かしゃん！　と乾いた音が、外から聞こえた。
「まぁ！　なんてこと！　あんまりでございます！」
音の次に、甲高《かんだか》い声が続く。
（一体、なんの騒ぎ？）
翠玉は、黄嘴殿の正面にある前庭へと向かった。
玄関を守る兵士は、困惑顔で扉を開く。
外に一歩出れば、前庭の大きな松が目に入った。
そこに四十を超したくらいの貴婦人がいる。服装や物腰から判断して、この人が曹廷尉の妻なのだろう。

足元には、割れた箱と、干菓子とが散らばっている。

その前でオロオロとしているのは、離宮の女官のひとりだ。

おおよそ、起きた事態は想像がつく。

（曹廷尉の奥方の手土産を、離宮の女官が落とした……みたいね）

廷尉夫人は、翠玉が来たと気づいていないらしい。

眦《まなじり》を吊り上げて、女官をにらんでいる。

「いかに私どもの娘が若く美しいからといって、嫉妬のあまりこのような真似をなさるとは！　なんと意地の悪いことをなさるのでしょう！」

前庭にいる紺色の袍の中に、桜色の袍も交じっている。一穂だ。すぐにこちらに気づき、静かに近づいてきた。

「……これ、なんの騒ぎ？　お芝居じゃないわよね？」

こそり、と翠玉が問えば、一穂が「まさか」と強く否定した。

「あんな下手な役者が食べていけるほど、琴都の芝居は落ちぶれちゃいませんわ。いえ、悪いのは台詞《せりふ》の方かもしれません。こんな台詞では客席から石が飛んできます。その箱だって、あの方がご自身で落としたんですよ？　ひどい演技でした」

「自分で持ってきたものを、自分で落として、離宮の女官に怒ってるの？」

「左様でございます」

翠玉は、まだ甲高い声で怒鳴っている廷尉夫人の姿を見て、途方に暮れた。

（……侮られるというのは、こういうことなのね）

人を侮るのは、容易い。

弱い。貧しい。位が低い。自分より劣っていると判断した途端、侮りは簡単に生まれる。

三家の生まれで、下町育ちの、月心殿に住む寵姫。

名門の妻女から見れば、さぞ軽く見えるのだろう。この程度の茶番で、排除できるものと思われたらしい。

（この侮りから守るために、明啓様は私を皇后にしようとなさったんだわ）

翠玉は、立后が阻まれたと知った時の明啓の落胆を、身をもって理解した。

いかに自分が、夫の愛に守られていたかのも。

一歩、翠玉は階段を下りた。

ふつふつと怒りが湧いてくる。

ここで泣き寝入りする気はない。泣き寝入りすれば、この侮りは繰り返されるだろう。そして明啓にも、江家にも、三家にも、いつか生まれるかもしれない我が子にも影響は及ぶ。

「なんぞ、ご用でしょうか？」

翠玉が階段を下りながら問うと、廷尉夫人はこちらに気づいた。

「これは──はじめてお目にかかります、江貴妃。廷尉を務めます、曹の妻でございます。このたび、私どもの愛娘《まなむすめ》が、陛下に望まれて入宮することが決まりまして。急ではございますが、ご挨拶にうかがいました次第でございます」

ごく丁寧に、廷尉夫人は会釈をした。

灰梅《はいうめ》色の袍は上品で、物腰も高官の妻らしい雰囲気だ。

「なにやら、失礼があったようで」

翠玉も、にこやかに問う。

「いえいえ、とんでもない。お気にならさず。曹家は、高祖様の代から宋家にお仕えする一族ではございますが、後宮に限れば娘は新参者。どのような仕打ちを受けても文句は言えませぬ」

大袈裟に、廷尉夫人は手を横に振った。

なにがなんでも、翠玉をバカにしたいらしい。

「──江家は裁定者と呼ばれておりました。ご存じですか？」

「え？」

話の筋をあえて外せば、廷尉夫人はきょとんとした顔になった。

「人の言葉の、真偽を判断する占いがあるのですが、いかがです？　お試しになりませんか？」

笑顔を深めて尋ねれば、廷尉夫人の表情が曇る。

「わ、私が、なんぞ偽りを申しているとおっしゃるのですか？」

「いえいえ、あくまで戯《たわむ》れでございます。曹家のご当主は、法を司る曹廷尉。その夫人が、嘘偽りなどおっしゃるはずがございませんもの。話の種に、いかがです？　ご
私も、後宮に戻りましたら、今日のことを大いに話して回りましょう」

翠玉は、淡い翡翠色の袍の懐から、するり、と絹糸を取り出した。

笑みを湛えたまま「さ、どうぞ。お手を」と畳みかける。

「……お休みのところを、お邪魔するのは心苦しゅうございますので――え？　あ、
ちょ、ちょっと、なに、これ！」

オロオロとしていた廷尉夫人が、突然「ぎゃあ！」とあまり品のない悲鳴をあげた。

見れば、翠玉たちの周りには、十頭ほどの鹿がいる。

「……！」

これほど近づかれるまで、まったく気づかなかった。

女官たちも突然現れた鹿に驚いて、あちこちで「きゃあ！」と声がする。

（鹿？　なんでこんなところに……）

離宮は堅牢な塀で守られており、栗鼠ならばともかく、鹿など簡単には入りこめないはずだ。――いや、そうとも言えない。

華々が来た時も、鹿が入りこんできて騒ぎになった、と五穂《ごほ》が言っていたのを思い出す。厳重なはずの離宮の守りは、意外と荒いようだ。

「わ、私のお渡しした菓子は、鹿にでも食わせよとのことですね！」

廷尉夫人は、そんな謎の捨て台詞を残して馬車に逃げこんだ。

一穂はまだ「演技もまずいですが、台詞も最悪ですね」と感想を述べていた。

慌ただしく馬車が去るのを、鹿に囲まれながら見送っていると、

「なんなの、これ！」

と黄嘴殿の方から、耳に馴染んだ声がした。

振り返れば、玄関に続く階段の上に周太后がいる。

「まぁ、周太后。もしや助太刀にいらしてくださったのですか？」

「そうよ。貴女ってぼんやりしてるから。……まさか鹿が出てくるとは思わなかったけど。でも、意外と貴女、意地が悪いのね。見直したわ！」

周太后が愉快そうに言うのに、肩をすくめる。

「私とて、殴られれば殴り返すくらいのことはします」

「さっきの、本当？　嘘がわかるって」

「嘘です」

周太后は、からからと明るく笑いながら、扇子を大きく動かした。

「あぁ、おかしい！　あの人、青ざめてたわね。いい気味だわ」

ふふふ、と女官たちまで笑いだす。

笑っては悪い、と思いつつ、翠玉も廷尉夫人の狼狽ぶりを思い出して笑ってしまう。

そうしているうちに、鹿はいつの間にやら去っていた。

まるで、用は済んだとばかりに。

「帰ってしまいましたね……」

「あの鹿、貴女が操ったの？」

周太后の質問に、翠玉は慌てて「まさか！」と答えた。

「まさか。祈護衛《きごえい》の作り話でもあるまいし」

嵐を呼ぶやら、獣と交わるやらという話が、祈護衛の資料には書かれていた。だが、それらのほとんどは荒唐無稽《こうとうむけい》な作り話でしかない。真に受けられては困る。

「あの意地悪な女の家に、鼠でもけしかけてやれたらいいのに」

「あまり怖がらせては、またあらぬ噂につながります。——いえ、そもそもそんな芸当、私にはできません」

周太后は「それは残念ね」と笑っていた。

「異能って、他の種類はないの？　いろいろあったら便利なのに」

便利、という言葉に、翠玉は苦笑する。

選べぬ異能を背負った三家の人間としては、違和感を覚える言葉の軽さだ。

「もともと、江家は裁定者と呼ばれていました。本来は、占いに用いる力ではないのかもしれません。二百年の貧困ゆえに応用せざるを得なかっただけで……洪進様の呪詛を感知したのも、ある種の応用でした。そういう意味では、様々な可能性はあると思います」

翠玉は話を打ち切るつもりで、女官たちに「もう戻りましょう」と声をかけた。

「あの連中を、もっと懲らしめてやれたらいいのに。本当に腹が立つわ！」

周太后が門の方に向かって憤然と言えば、女官たちも「左様でございますね」「さぞ胸がすくでしょうに」と同意を示している。

だが、翠玉はその勢いには乗れなかった。

（歓迎されるのは、異能が便利に使える時だけよ。少しでも恐怖を与えたら、あっという間に化物扱いされてしまう。報復など、絶対にできないわ）

報復というのは、難しいものだ。

痛快さと恐怖は紙一重。脅して退散させるくらいが関の山である。

階段をゆっくりと上っていると――

「まぁ、猫！」

と周太后の明るい声が聞こえた。女官たちも、華やいだ声を出す。

真っ黒な子猫が、そこにいる。

離宮に到着したその日にも、翠玉は猫の鳴き声を聞いている。姿は見ていないが、この猫であったのかもしれない。

周太后は「かわいいわね」と子猫を抱き上げた。

翠玉も、女官たちと同じように目を細めていた。一穂は猫が好きらしく、目がキラキラと輝いている。

（もし、本当に生き物と心を通わせられる異能があったなら、きっと毎日が楽しいでしょうに。……人にも忌まれないわ）

愛らしい猫を眺めつつ、黄嘴殿に入ろうとした時――

人の、気配を感じた。

振り返って門の方向を見たが、誰もいない。

気のせいだ、と断じて視線を黄嘴殿に戻そうとした時、目の端になにかが映る。

パッと再び振り返った。

だが――やはり誰もいない。

（嫌だわ。気味が悪い……）

急ぎ足で戻ろうとしたところ、にゃあ、とひと声鳴いて、黒猫が足元に寄ってきた。周太后の腕からは逃れたらしい。

「やっぱり貴女、獣が操れるんじゃないの？」

周太后の言葉を、「できませんよ」と翠玉は改めて否定しておいた。

否定はしたものの、黒猫は翠玉のあとをどこまでもついてくる。

そして、東翼殿から動かなくなった。

姜太妃は、猫が近づくとくしゃみが止まらなくなる体質らしい。当然、西翼殿に猫はいない。どこから迷いこんだのやら、離宮の誰に聞いてもわからなかった。

黒猫は、客間の隅ですっかり寛《くつろ》いでいる。

「よほどこの殿が気に入ったのね。いいわ、しばらくここにいらっしゃい」

もう日も暮れている。近隣で飼い主が見つかるまで、ひとまず預かることにした。

一穂だけでなく、五穂も猫には目がないらしい。熱烈な歓迎ぶりだった。

名づけをするよう勧められ、翠玉は、墨黒《すみくろ》、と決めた。艶《つや》やかな黒は、上質な墨を思わせたからだ。

気の滅入る日々に、墨黒の存在は大きな癒しとなったのである。

――その日の、夜のこと。

墨黒が寝床に収まって、少し遅い夕食も終わり、身支度も済んだ頃である。

翠玉は、池に張り出した露台に出て、星を見上げていた。

(本当に、忙しい一日だった)

ふぅ、と吐息を漏らす。

緑のない琴都に比べ、森も近く、池のある離宮は格段に涼しい。

とはいえ、今日は夕立ちがあったせいか、いつもより蒸し暑かった。

涼を求めて露台には出たものの、期待したほどには風がない。

池に映る月を眺めていると――

ふいに、人の気配を感じた。

ハッと息を呑み、辺りに目を走らせる。

今度こそ、勘違いではない。たしかに人がそこにいた。

どくり、と心臓が跳ねる。

「久しぶりね。わかる?」

露台自体は、馬三頭分ほどの幅がある。

翠玉が立っていたのは北側の端で、人がいるのは南側の端。やや距離はあったが、月明かりと、部屋から漏れる灯りとが、その人が誰であるかを気づかせた。

「ご、呉娘さん?」

呉娘は、腿ほどの丈の短い袍に、裳ではなく袴をはいている。康国において女性の服装は、身分を問わず裳が一般的なので、翠玉の目には男装をしているように見えた。額のあたりは明るい色の布で包まれ、大きな螺鈿らしき耳飾りを身につけている。独特な格好だ。

（もしかして、これは南の人の服装なのかしら）

その短い袍は、月明かりの下でもキラキラと刺繍の金糸が輝いていて、きらびやかであった。色も鮮やかで、男性の服装とも思えない。

（……？）

装束に驚いたのは一瞬で、あとは呉娘の顔に目が釘づけになる。

もともと、女神のごとき美貌を誇る女性である。あの周太后や姜太妃と並ぶ様は、さながら康国の美の見本であった。

だが、翠玉の目を奪ったのは、その美貌ではなかった。

（なんだか、ひどく痩せられたみたい……）

ふっくらとしていた頬は、見る影もなくげっそりとこけていた。

幽閉されていたとはいえ、あまりに極端な変化である。

「驚くわよね。私、とても痩せてしまったから」

「不躾《ぶしつけ》におうかがいしますが、病ですか？」

「じゃあ、ここで待っていてください。すぐ戻ります」

どうやって、西護院から脱出し、この露台まで忍びんだたのか。どうして、驚くほど痩せてしまったのか。

さっぱりわからないが、腹を空かせた人への対応はひとつだけだ。

翠玉は、寝室にあった菓子の皿を抱え、露台に戻った。

「あら、ありがとう。衛兵でも連れてくるかと思ったわ」

「そんなことはしませんよ。どうぞ、召し上がってください。足りなかったら――」

「足りないわ。全然」

翠玉は、隣の部屋に置いてあったもう一皿の菓子を「ちょっとお腹が空いちゃって」と侍女に言い訳をして手に入れた。ついでに、酒も少々。

露台に戻れば、呉娘は最初の皿を抱えてむしゃむしゃと饅頭を食べている。

「……いろいろ聞きたいことはあるのですが……」

「そうだろうと思って、わざわざここまで来たのよ。感謝してほしいわ」

「正直、とても感謝しています」

翠玉は「ありがとうございます」と素直に頭を下げた。

「貴女は嫌いだけど、お菓子を送ってくれていたから。多少の恩は感じているのよ」

「……気づいてらしたのですね」

長い幽閉生活で、なによりつらいのは、食事の問題だろうと思った。

だから二年前の事件以降、翠玉は冷宮に何度か菓子を送っていた。呉娘への複雑な感情は、そうすることでしか整理できなかったのだ。

「そんな酔狂な人、他にいないもの。洪進様がくださるのは、難しい書物だとか、絵とかばかりだったわ。……飢えたことのない方って、そういうところがあるわよね」

ふっと呉娘が、寂し気に笑った。

胸が、つきんと痛くなる。

あの呪詛事件から二年。

身を滅ぼすほどの純粋な恋は、時間の経過と共に変化していったのかもしれない。

「でも、一年前からは届いていなかったのですね。冷宮にいるものと思って、そちらに送っていましたから」

呉娘の移動を秘すならば、荷は西護院に転送されて然るべきだと思うのだが。そうすれば、呉娘も人相が変わるほど痩せずに済んだはずだ。

「届いてたわよ。ただ――私の口に入らなかっただけ。出てきたのは、椀の底が見えるくらいの薄い粥が、夕に一杯だけだったわ」

「え――？」

「殺したかったんじゃないかしら。私のこと」

もう十個めにはなろうかという饅頭をひょいと口に放りこみ、呉娘は「あぁ、美味しい」と嬉しそうに目を細めた。

「ひどい！　誰が、そんなことを？」

「信聞尼《しんもんに》よ」

パッと頭に、棺で眠る尼僧の姿が浮かんだ。

「あの、院長が……」

「そう。あの連中は貴女が送ってきた菓子を奪って食べ、洪進様が送ってくださった書物を売った金で肉や酒を山ほど買ってたのよ。ひどいでしょう？」

西護院の尼僧たちには、痩せた者と、肥った者がはっきりわかれていた。一見しただけで、生活の質の違いがわかる姿は、印象に強く残っている。

「……そのような不正が、寺で行われていたのですね」

「言っておくけど、信聞尼を殺したのは私じゃないわよ」

「そんな気がしていました。うまく言えませんが、糸を通った気の種類が違っていましたから。……いるんですよね？　異能を使う人が、私たちの他にも」

西護院で、蚕糸を通して触れた気は、信聞尼が死亡していたために弱まっていた。

それでも、衝撃的なまでの重さを感じている。

信聞尼が、倒れてから死ぬまでの時間もごく短い。二年前、一ヶ月経っても洪進を殺せなかった呉娘との力の差は歴然だ。

「えぇ、そう。その人たちが、私を助けてくれたのよ。信聞尼を殺す必要はなかったし、私は止めたわ。腹の立つ女だけど、殺すほどじゃないと思ったの。でも、彼らは許さなかった。掟《おきて》だそうよ」

「掟……殺すのが、彼らの掟なのですか」

「そう。血の報復。仲間を傷つけた者には、死をもって報いるんですって。異能を持つ者は、強いけれど、やはり弱いの。数が少ないし。だから、そうして一族を守ってきたって彼らは言ってたわ」

血の報復。

恐ろしい言葉だ。

翠玉は、うすら寒いものを感じて、自分の二の腕を撫でた。

「その、南から来た方たちは――」

「八家《はっけ》、と呼ばれてるって言ってたわ。山に集まって暮らしているそうよ。異能を使って麓《ふもと》と関わってるって。異能を使う者もいれば、使わない者もいるみたい。異能を解放――意味、わかるわよね？」

「はい。わかります」

呉娘が言っているのは、代償を払った者のことだろう。もっと言えば、代償を払って人の姿を失った、という意味だ。

「私は二年前、洪進様に呪詛をしてる最中に貴女も呪ったから……人の姿を失った。あちらでは代償ではなく解放と言うんですって。解放者は、南でも少ないそうよ。だから、貴重で、大事にされるみたい」

異能を解放した者と、異能の代償を払った者。言葉から受ける印象は大きく違う。

その言葉には、外見の変化を忌む感情は感じ取れなかった。

呉娘の選択したものが、翠玉の目にも見えてくる。

「その……八家の方たちと、南に行くのですね？」

「そう。罪を犯して幽閉されるのはしょうがないけど、お腹が空くのだけは嫌。異能を解放してから、私ちょっと丈夫になったの。だからこうして生きてるけど、そうじゃなければとっくに死んでたわ。殺されてたの、あの連中に。……最初は、洪進様がお命じになったのかと思った。私を殺せって」

「違います！」

つい大声を出して、翠玉は自分の口を押さえる。

「静かにしてよ。見つかるじゃない！」

「と、とにかく、絶対に違います。洪進様は、呉娘さんの命を救うために力を尽くされました。飢え死にさせるなんて命令を、出すわけがありません」

洪進が課した罰は、あくまでも生涯の幽閉だ。

呉娘は「そう」とだけ言って、大きな口で干柿を食べはじめた。

ややしばらくして、ぽつりと言葉を紡ぎ出す。

「……母はね、とっても器量がよかったの。家は貧しいあばら屋だったけど、男の人がたまに来て、生活の面倒を見てくれてたわ。……琴都に住んでて、この辺に畑があるからって見回りに来てたみたい。呉《ご》、という男。来ると、いつもお菓子をくれるの。それだけが楽しみだった。でも、あの男は琴都に妻がいて、私の母とは——ちゃんとした関係じゃなかったのよ。だから、母は殺したの。その、呉の妻を」

「呪詛で……ですか」

「えぇ、そう。でも、母は呉の妻にはなれなかった。別の若い妻を迎えて、家にも来なくなったわ。母は泣いて、泣いて、琴都の呉の家まで押しかけて……ひどく殴られたみたい。腰を痛めて、なにもできなくなった。やっぱり毎日泣いて……そのうちちょっとおかしくなって、弱って、死んじゃったわ」

痛ましい話だ。翠玉には、なにも言えなかった。

「そう……でしたか」

「異能では、私も、母も幸せにはなれなかった。……異能なんて持ったばっかりに、おかしな欲が出て失敗したのよ。……もう、二度と使わない」

話を終えた頃、皿の菓子はあらかた消えていた。

「もう少し、持ってきましょうか？」

「いえ、もう行くわ。……私を殺そうとした男がいるの。最初は洪進様かと思ってたんだけど――」

「違います」

「それはもう聞いたわよ。それより――曹廷尉には気をつけた方がいいわ。名前を何度も聞いた。私を飢え死にさせようとしたのは、その男」

曹廷尉。その名を、この数日で何度聞いただろう。

自身に向けられた刃にも辟易していたが、呉娘を餓死させようとしたと知って、いっそう厭《いと》う気持ちは強くなった。

「曹廷尉は、三家を嫌っているそうです」

「そうみたいね。きっと私の時と同じ手口でくるわよ。御簾裁判を起こして、いったん冷宮に入れてから、西護院に移して餓死させるの。異能を解放してない貴女なんて、すぐに死んじゃうわ。――どうする？」

どうする？　と聞かれても、翠玉には返答のしようがない。

「どう……といいますと？」

「南から来た八家をまとめてる男が、芭郎《ばろう》というの。芭郎は、同胞は守ると言っているわ。二年前の事件が南まで届いて、彼らは私たちを迎えに来てくれたのよ。望むなら連れて帰ってくれるって」

一瞬だけ、考えた。

呼吸、ふたつほどの時間だけ。

寵姫としての人生をまっとうするのに、これからどれだけ多くの苦難が待ち受けているだろうか。どれほど多くの誇りを受けるだろう。険しい道だ。

だが――

「いいえ。ここに留まります」

翠玉は、はっきりと答えていた。

そこに夫がいないのならば、どれほど平坦な道だろうと選べない。

険しい道でも、明啓とふたりで一歩一歩進みたいのだ。

「わかった。芭郎に伝えておくわ」

「李花さん――劉家の末裔は、今、身重なんです。芭郎さんに伝えてください」

「あら、そう。おめでたいわね。伝えておくわ」

呉娘は、皿を床に置いた。

酒杯《しゅはい》もぐいと空け、それも床に置く。そして、視線を屋根の方に向けた。

「あ……！　ま、待ってください！」

止めた。——が、消えてしまった。

屋根の方から「なに？」と不機嫌な声が返ってきた。

（え？　なんで屋根に？）

一瞬のうちに、離宮の屋根まで上がったのだ——と理解するまで、時間がかかった。

それは到底、人になせる業ではなかったからだ。

「私、ちょっと丈夫になったのよ。わかる？　いつでも逃げられたのに、逃げずに罰を受けようとして死にかけたの。私が反省してたって、洪進様に伝わるかしら」

「伝わると思います！」

「それで、なに？」

屋根の上から、声だけが聞こえてくる。

まだ呉娘はそこにいて、質問に答えてくれるつもりのようだ。

「呪詛の作法を教えていただけませんか。私や、私の周囲の人を守るために、知っておきたいのです」

「髪。髪の毛よ。爪でもいいけど。洪進様の髪は、入宮した日、一緒にお食事した時に手に入れた。お着替えをされた直後だったし、すぐ手に入ったわ。貴女のは、侍女に櫛を持ってきてと頼んだの。……あの人たち、今どうしているの？」

「彼女たちは、実家に戻って嫁いだそうです」

「あら、そう。よかった。それ、彼女たちに渡して。巻きこんで、迷惑をかけちゃったから」

それ、というのがわからず、翠玉は辺りを見回した。すぐ、皿の上に絹の袋が置かれているのに気づく。

「わかりました。届けます。あの——お元気で」

「貴女もね。お菓子、ありがとう。おいしかったわ」

トトン、と猫の足音ほどのかすかな音が、屋根の方から聞こえた。

それきり、なんの音もしなくなる。

残ったのは、虫の声と、蛙の声。そして月の映る水面。

拾い上げた絹の袋には、金子が入っていた。


——翌朝。

翠玉は、天錦城へと戻ることを決めた。

急に決めた移動で、東翼殿は慌ただしい。

そんな中、翠玉が二皿もの菓子を平らげた、という誤解が、東翼殿を騒がせた。

呉娘が訪ねてきたと言うわけにもいかず、翠玉は「ちょっとお腹が空いて……」とごまかすしかなかった。

その二皿については誤解であったが、最近の食事量は明らかに増えている。

お疲れですし、と一穂は言っていたのだが――

この変化が、思いがけぬ事態の予兆だったのである。

第三話　命の萌芽

「ご懐妊なのではありませんか？」

物慣れた年配の侍女・詩英《しえい》がそう言った。

真っ白な髪には一分の乱れもなく、淡い眉の間には気難しそうなシワが深い。

一穂《いちほ》のやんわりとした報告が、ひととおり終わった途端である。

「え？」

月心殿《げっしんでん》の客間の長椅子に、翠玉《すいぎょく》は墨黒《すみくろ》を膝に乗せて座っていた。その、思いがけない推測には、きょとんとしてしまう。

「ご懐妊になると、急に食欲が増すことが多くございます」

パチパチと瞬きし、一穂と目を見あわせる。

食欲があるのは、面倒な騒動で、疲れているせいだとばかり思っていた。

「でも……普通は身籠《みご》ると、食欲はなくなるものじゃない？」

「そうとばかりとも限りません。身重になられれば、様々な変化が起きるのは当然でございます」

詩英は「これだから若いだけの侍女は……」と不満そうな顔をしている。

一穂と五穂《ごほ》とは、顔を見あわせてから「申し訳ありません」と頭を下げた。

「ふたりを責めないで。私の責任よ」

こうした変化に気づくのも、侍女の仕事のうちだが、今回ばかりは責められない。

一穂たちと過ごす気楽さを選んだのは、翠玉だ。

「お食事とて、身重であれば気を使うべきところを……なんにせよ、もう少しいたしますとはっきりしましょう。それまでは、ご懐妊になったものと思うて行動なさらなければ。馬車などもっての他でございます！」

詩英は、はぁ、と呆れ顔でため息をついた。

墨黒を膝に乗せたまま、翠玉は呆然《ぼうぜん》としている。

（懐妊？　私が？　信じられない……！）

待ち望んだ兆しである。

パッと頬を染めた翠玉は、しかしすぐに目を伏せていた。

この一年というもの、懐妊さえすれば、すべての憂いは去るような気がしていた。天にも昇るほど幸せな気持ちに満たされるものだと信じきっていたのだ。

愛する夫との間に、新たな命を授かる。夢に見たその時が来たというのに――

今は、不安がさらに増しただけである。

「明啓《めいけい》様には、まだお知らせしないで。はっきりしてからお伝えするわ」

「わかりました。では、そのように」

「少し……ひとりになりたい」

侍女たちが下がってから、翠玉はため息をつく。

腹に触れたが、まだ膨らみもない。実感は湧かなかった。

そういえば、と思うこともないではないが、確信には至らない。はっきりとわかるのは、まだ先の話だ。

墨黒が、くわ、と欠伸《あくび》をする。

「もしかして、お前が幸運をつれてきてくれたのかしらね」

優しく声をかけたが、返事などあるはずもない。

（幸運？　これは幸運……なのかしら。私が廃位されたら、被害を受ける者が倍に増えるだけじゃない？　今の私に、子供が守れるの？）

翠玉はゆったりと長椅子の背に身を預け、墨黒の小さな背を撫でる。すると墨黒は、額を膝にすりつけてきた。

眉間のシワが、ふと緩む。

そうしてしばらく墨黒の背を撫でていると――

「大事なお身体ですもの。こんな話、お耳に入れたくないわ」

「けれど……のちのち、翠玉様がお困りになるかもしれないじゃない」

「それはそうだけど……」

「お伝えすべきだわ」

「でも、少しでも安らかに過ごしていただきたいじゃない」

隣の部屋から、かすかに声が聞こえてきた。一穂と五穂のようだ。

（あぁ、いけない。一穂と五穂からの報告を聞いていなかったわ）

ちりん、と卓の上にあった、呼び鈴を鳴らす。

一穂と五穂とが「お呼びでしょうか」と居間に入ってきた。

「報告を聞いていなかったわ。情報は届いている？」

「は、はい」

一穂が、二年前の御簾裁判について報告をはじめる。

呉娘《ごじょう》の侍女たちは、主人に頼まれ、翡翠殿《ひすいでん》から櫛を盗んだと告白していたそうだ。

しかし呪詛とは直接関係ないと判断され、問題にはならなかったらしい。

続いて五穂が、呉娘の侍女たちから直接聞いた話を報告した。侍女たちは櫛の件を記憶しており、記録との相違はなかった。

（呉娘さんの言っていたことは、本当みたいね）

報告の内容と、呉娘から聞いた話とは矛盾しない。

やはり、髪だ。

爪に比べれば、手に入れるのも容易である。

（解放者は、屋根に一跳《ひと と》びで上がれる。あの西護院《せいごいん》の高い塀だって越えたんだから、人の邸に出入りするのも簡単なはずよ。髪の一本くらい簡単に入手できてしま

う。……彼らは、簡単に人を殺せるんだわ）

八家の脅威を、改めて翠玉は感じた。

「ご報告は以上です」

五穂が報告を締めくくる。

その五穂が、手を後ろに回して、なにかを隠しているのが気にかかった。

「五穂。それ、報告書？」

「いえ、違います」

「……報告書なら、見ておきたいわ」

「なんでもありません。どうぞ、ご放念ください」

慌てた様子で、五穂はごまかそうとする。

「五穂。気持ちは嬉しいけれど、こんな時ですもの。隠さずに見せてもらえた方が助かるわ。これ以上、事を長引かせたくないの」

「……はい」

五穂がおずおずと差し出したのは、例の呪いの文のようだった。

（この間と同じ？――いえ、違うわ）

筆跡も同じで、紙の質も同じだ。しかし――

【入宮する娘は、三家の女によって呪殺される】

【三家の女は、異形の子を宋家にもたらす】

今回の内容は、また違う切り口であった。

「これは……」

まだ生まれてもいない子供にまで、某君のふりまく毒は及ぶらしい。

（あんまりだわ。こんな……ひどすぎる）

翠玉は、ぐっと眉を寄せた。

「お留守の間に、後宮内で見つかったものだそうです」

「そう……やはり最初の三枚だけでは終わらなかったのね」

想定内の出来事ながら、痛みを感じざるを得ない。

後宮内で文がばらまかれたからには、内部に手引きした者がいるのだろう。

（私の廃位を望む人が、身近にいるとは信じたくないけれど……）

翠玉は、文を眺めてため息をついた。

「翠玉様。これもお耳に入れるべきか迷いましたが、お伝えしておきます。女官が三名、暇乞《いとまご》いをいたしました。……この文が届いてからの話でございます。代わりの者は、明日にも参ります。ご不便はおかけしないかと」

「そう。……今後も続くようなら、引き止めないであげて」

「かしこまりました。……この呪いの文の影響もありましょうが、姜《きょう》太妃様のご不調が、翠玉様の呪詛だとの噂が流れております。西護院の件も、翠玉様が院長を呪殺させたのだとも。根も葉もない噂ではございますが……信じる者もいるようです。申し訳ございません。こんなおめでたい日に、このような報告をしてしまって」

謝らないで、と言おうとしたが、別の言葉に気を取られ、口にしそびれた。

「おめでたい……そうよね。おめでたいわ」

「おめでたいですよ、それはもう！」

一穂が、拳に力を入れて言うのに、翠玉は笑みを返した。

懐妊の兆しが、めでたくないはずがないのだ。――本来ならば。

「本当にそうよね。……早く、明啓様にも教えて差し上げたいわ」

「きっと、涙を流して喜ばれます！」

翠玉は「そんな大袈裟な」と笑った。大いに喜んではくれると信じてはいるが、さすがに泣きはしないだろう。

伯父は、泣くかもしれない。子欽《しきん》は、泣かずに祝福してくれるような気がする。李《り》花《か》や、周《しゅう》太后や、姜太妃、そして洪進《こうしん》も。

そう考えると、落ちこむばかりであった気持ちが、少しだけ明るくなる。

「ありがとう、ふたりとも。――少し休むわ」

一穂と五穂が下がるのを見送り、翠玉は墨黒を撫でつつ中庭を眺めた。

明啓から贈られた花々が、美しく咲いている。

手前には、芙蓉《ふよう》が。奥には紫陽花《あじさい》が。

そうして花が増えるたび、ふたりの歴史が積み重なっていくようで嬉しかった。

それはささやかな幸せであったのに。

翠玉の日常が、今まさに奪われようとしている。

一時、懐妊の喜びに和らいだ気持ちは、もう硬く強張っていた。

幸福感にさえ浸れない、この状況が恨めしい。

（もう呪詛の仕方がわかったところで、なんの解決にもならないわ。理など無意味よ。あちらは、噂だけを根拠に、私を断罪するつもりなのだから）

二年前、明啓と洪進は、翠玉が説く理を聞いてくれた。

だが、曹《そう》廷尉は違う。理など軽々と踏み越えて、翠玉を排除しようとしている。

月心殿の女官が三人も辞めていったくらいだ。曹廷尉の扇動に流される者も、少なくはないのだろう。

（……疲れたわ、もう。なにも考えたくない）

強い疲労を覚え、翠玉は目をつぶる。

瞼の裏に、文に書かれた『異形の子』という文字が焼きついて離れない。

事実無根だ、と、翠玉は言い切れなかった。祈護衛の妄言にでさえ、ひと欠片《かけら》の真実はあった。

三家の者には角が生えている、という一文だけは、真っ赤な嘘ではない。

――異形。

解放者、と言い換えようと、代償を払った者が異形となるのは事実だ。

三家の者でも、異能さえ御せれば、人として生きられるはずだ。これまで、翠玉の知る血縁者も、ただ人として生き、死んでいった者ばかりである。

しかし、相手はあの曹廷尉だ。

(お腹の子供だって、異形だと勝手に決めつけて……いいえ、一番怖いのは、そこに真実が含まれることだわ)

物思いに浸っていると――パタパタと足音が近づいてくる。

目を開ければ、出ていったばかりの一穂がそこにいる。表情から察して、深刻な事態であると想像がついた。

翠玉は、墨黒を抱えたまま立ち上がる。

「翠玉様。お休みのところ申し訳ありません。たった今、報告が参りまして……内密に進められていた入宮の件、お聞き及びでしょうか?」

「ええ。明啓様から聞いているわ。曹家と、趙《ちょう》家よね?」

もう翠玉の心は、嫉妬に揺らぎはしていない。

明啓の言葉を信じている。入宮の計画は阻まれるはずだ。

「はい。その曹廷尉のご息女が、お倒れになったとの報が入っております」

「まぁ……それは……」

倒れた、と聞いても、翠玉は驚かなかった。

某君――曹廷尉の企みの行きつく先が、ここだった、というだけの話だ。

自分の娘を入宮させるべく画策しながら、明啓に新たな妃嬪を迎えるよう勧めるという強引さも、この茶番の伏線だったとすれば腑に落ちる。

(狂言《きょうげん》で私に罪を着せる気だわ。そして御簾裁判に持ちこむつもりなのよ)

いよいよなりふり構わず、攻撃をしかけてきたのだ、と翠玉は思った。

まったく驚くに値しない。

「それで、曹廷尉は私の呪詛だと吹聴して歩いているのね？」

「はい。外城のみならず、琴都《きんと》中の寺で、娘を呪詛から救いたまえ、と大声で祈って歩いているそうでございます」

翠玉は表情を変えず、長椅子にゆっくりと腰を下ろした。その拍子に、墨黒がするりと翠玉の手から抜けていく。

(外城で起きたことなら、手も足も出せないわ。明啓様にお任せするしかない……)

報告は終えたはずだが、一穂は硬い表情のまま動かない。

翠玉の動揺が去るのを、待っているのだろう。――報告には、続きがあるのだ。

「……それだけじゃないのね？」

翠玉の問いに、一穂は小さくうなずいた。

「曹家の娘は、一昨日の夜から意識を失っているそうです」

「……演技がお上手なのね」

翠玉は、苦く笑った。ずいぶんと嫌みな言い方になったのは、疲れのせいだったのかもしれない。

「いえ。これは信頼できる諜報官からの報告です。仮病であろうと疑った上で調べて、出した答えでございます」

意外には思った。だが、やはり驚きはしない。

「それじゃあ、娘さんは両親の陰謀と同時に、偶然にも体調を崩されたのね？」

「はい。偶然にも」

「……そう」

華々《かか》が体調を崩したのは、気の毒に思う。だが、心の揺らぎは、それ以上でも以下でもない。意識を失ったままという報告も、大袈裟に思えた。

「――いい気味です。報いとしてはぬるすぎますが」

一穂が、口調を変えて肩をすくめる。

翠玉は「娘さんが気の毒だわ」と言いつつも、強くたしなめはしなかった。

娘が呪殺される、と噂を流したのは、曹廷尉自身だ。実際に娘が体調を崩したのならば、ただ我が身に返っただけの話である。

「芝居みたいね。自分たちが立てた悪い噂が、真実になって慌てるなんて」

「左様でございますね。改心して、主人公に心からの謝罪でもすれば、拍手喝采《かっさい》。めでたし、めでたし、ですけれど。……曹廷尉にそんな様子は見えませんわ。大声で呪詛だ、呪詛だと騒ぎ立て、なにがなんでもこちらのせいのする気のようです」

一穂は、大袈裟なため息と共に「バカバカしい」と呆れ顔をしていた。

「彼らが騒げば騒ぐだけ、こちらの傷も深くなるわね……頭が痛いわ」

「もっと、大きな報いがあればいいいんです」

「報いね……」

理をもって事を解決したい、と翠玉は願っている。

だが、理を重んじれば、理を踏みにじる者の暴挙を許してしまう。今の状態がまさにそうだ。

(理の通じない相手を黙らせるには、報復がてっとり早い方法なのかもしれない……)

娘の体調が回復しなければ、曹廷尉も入宮の強行はできず、野望は挫かれる。

乱暴な方法だが、こちらの被害も減らせるだろう。

都合のいい展開である。――娘の被害から、目をそらしさえすれば。

「まぁ、このまま娘さんが亡くなるくらいでないと、あちらも黙らないとは思いますけれど」

娘の死。

その時、パッと頭に浮かんだ言葉がある。

――血の報復。

サッと血の気が引く。

「まさか」

呉娘を餓死させようとした信聞尼《しんもんに》は、八家の呪詛で殺された。

では、呉娘を餓死させよと命じた曹廷尉は？

呉娘は、自身を殺そうとした者を把握していた。呉娘が八家と行動を共にしている以上、彼らは曹廷尉の存在を知り得る。

いや、極北の港の段階で、すでに曹廷尉の陰謀を知っていた可能性が高い。

「翠玉様、どうなさいました？」

「……呪詛かもしれない」

ぽつり、と翠玉は呟いた。

「まさか！　呉娘様が、呪詛を行ったとでもおっしゃるのですか？」

違う。呉娘ではない。八家の誰かだ。

行ったとすれば、八家への血の報復は避けられない）

（八家の掟に照らせば、曹廷尉への血の報復は避けられない）

御簾裁判、廃位、殺害計画。陰謀の流れも、西護院から救出された呉娘の口から八家の耳に入っただろう。

曹廷尉は、翠玉を殺そうとしている男だ。

（もしこれが血の報復であれば……曹廷尉の娘さんは殺される）

八家の呪詛は、強い。

またたく間に人の命を奪い得る。

――急がねば。

翠玉は、サッと立ち上がった。

「曹家のお邸に行くわ」

「いけません。馬車での移動などもっての他、と詩英さんに言われたばかりではございませんか！」

「呪詛かどうかだけ、確かめないと」

一穂は、着替えに向かおうとする翠玉の前に、手を広げて立ちはだかった。

「そんなもの、放っておけばいいのです。曹廷尉は、翠玉様を冷宮送りにしようとなさった方ですよ？　いい気味です。まずは謝罪と、妄言の撤回が最初にあるべきで、それまでは指一本動かす必要はございません！」

一穂は、強い調子で言い切った。しかし、翠玉も退《ひ》くわけにはいかない。

「曹家の不幸で溜飲が下がるのは一瞬よ。倒れただけで済むとは限らない。もし娘さんが亡くなってしまったら？　曹廷尉は、いっそう攻撃を強めるわ。人は妄言を事実だと思い、私は化物にされるでしょう」

一穂の意見は、まっすぐに日の当たるところを歩いてきた者の、虐げられたことのない者のそれだ。

罪と則に支配されてきた、自分たちの考えとは違う。

そして、康国で生きる翠玉の考えも、南で一族を保つ八家とは違うのだ。

「それでは、いつまでも殴られ続けろとおっしゃるのですか？　泣き寝入りはもう御《ご》免《めん》です。やっと一矢報いることができたというのに！」

「その矢がどこから飛んできたにせよ、私が射たものではないわ」

苛立ちを表に出していた一穂の表情が、ふと変わる。

翠玉の決意が、伝わったのだろう。

「……ご自身で、報いるとおっしゃるのですね？」

「そうよ。報いる時は、私自身の手で矢を射る」

正直なところ、翠玉は腹を立てている。

最初は、この一連の攻撃に対し、己の出自ゆえだと落ちこんだ。自分が消えれば事は収まるのではないかと思いつめもした。

だが、やはりどう考えても、道理から外れているのは曹廷尉の方だ。

廷尉夫人の離宮訪問あたりから、翠玉は考えを変えている。

呉娘を餓死させようとしたと知ってからは、はっきりと変わった。

曹廷尉らの言い分はこうである。

――化物は殺しても構わない。

――我が身の栄達《えいたつ》のために、お前は死ね。

そのような言い分には、全力で抗う他ない。

ただ、その手段は呪詛であってはならないのだ。

この不条理を覆《くつがえ》すにせよ、力及ばず後宮を去るにせよ、理だけは通すべきだと思っている。

翠玉は、皇帝の妃だ。品位と理性は失えない。

この血の報復を、なんとしても止める必要があった。

「……わかりました。では、揺れの少ない馬車を選び、座面には敷物を幾重にもお敷きしましょう。それから、清巳《せいは》さんと私が随行いたします。それでよろしいですか？」

なんと頼もしい侍女だろうか。

いつも思っているが、この危機の中にあっては、いっそう強く思う。

翠玉は一穂に「ありがとう！」と心からの感謝を伝えたのだった。


曹廷尉の邸に到着し、馬車から降りるなり「出ていって！　役立たず！」という廷尉夫人の声が響いた。

玄関から出てきたのは、僧侶に、祈祷師《きとうし》。占師もいるようだ。

娘のために呼び寄せるも、その甲斐《かい》はなかった――といったところだろうか。

廷尉夫人は髪を振り乱して、まじないに使ったらしい器具を、前庭の敷石の上に叩きつけていた。

翠玉に気づくと、その場に泣き崩れる。

「あんまりでございます！　私の無礼にお怒りになっての、この仕打ちでございますか！　娘には、なんの罪もありませんのに！」

――案の定である。

(あくまでも、娘の不調を私のせいにする気なのね)

翠玉は深呼吸をして、平静を保とうと努めた。ここで腹を立ててもしかたない。

「急で申し訳ないですが、娘さんに会わせてください。体調を崩されたとか。呪詛か否かを確かめたいのです。――あぁ、順を追って説明すると、私は、呪詛をする異能は持っていませんが、呪詛がかけられているか否かを判じられます」

「呪詛がかけられているか……否か？　呪詛に決まっております！　私どもの美しい娘を妬んで、誰ぞが呪詛を行ったのです！」

人の命が、それも自身の娘の命がかかっているというのに、廷尉夫人は相変わらずの態度である。

さすがに、翠玉も苛立ちを覚える。

「その、誰ぞというのは、どなたのことですか？」

「そ、それは……」

廷尉夫人も、名指しまではできないようだ。決まり悪そうに身体を起こし、今さらのように貴人に対する礼を取った。

「呪詛とは、念です。貴女の目に、私が行って当然のように見えるのであれば、それは貴女側の都合でしょう。私は、呪詛はできませんし、できたとしても生涯用いはしません」

「き、詭弁《きべん》でございます。実際に娘は――」

「時間がないので手短にお伝えしますが――西護院で、尼僧が呪詛によって殺されました。倒れたあと、あっという間に絶命しています」

「それは貴女様が、呉娘様に命じてなさったことでは——」

埒があかない。

翠玉は、ついに声を大きくしていた。

「この呪詛は、成就までが一瞬です！　娘さんを助けたいのなら、私を、娘さんに会わせてください！　今すぐに！」

やっと廷尉夫人は抵抗を諦めたようだ。邸の中へと、翠玉を案内する。

前庭も広いが、玄関も広い。大きな邸だ。

玄関の突き当たりに広がる中庭の池には、色鮮やかな鯉が泳いでいる。

母屋を抜け、娘の寝室があるという東の棟へ向かう。

廊下に飾られているのは、青磁の壺に、書画。古めかしい香炉からは、細く煙が出ている。

いかにも代々続く高官の邸、といった風情だ。

（こんな豊かな暮らしをしているのに、一体なにが不満で人を目の仇にするのかしら。

二百年も、宋家の傘に守られていたでしょうに）

腹が立ってきたが、それはただの私情だ。蓋をしておくのが正しいだろう。

三家が味わった二百年の貧困を、彼らのせいにはできない。

「娘の寝室は……こちらでございます」

廷尉夫人は、東の棟の一室の前で足を止め、扉を開いた。
牀を覆う薄絹の向こうから、荒い呼吸が聞こえてくる。
——大袈裟に騒いでいる、とはもう思わない。
目の前で亡くなった、信聞尼の姿を思い出さずにはいられなかった。
ひやり——とする。
胸ではなく、臍《へそ》の下あたりが。
思わず、翠玉は自分の腹を押さえていた。
まだいるかどうかもわからない赤子を、この身体は守ろうとしたのだ。
——いや、いる。
翠玉の勘のようなものが、はっきりと命の存在を感じていた。
小さな感動に、翠玉は一瞬だけ浸る。
(この子を、冷宮で育てるわけにはいかない)
翠玉は、キッと前を向いた。
幸せを噛みしめるには、まだ早い。
目の前の難関を乗り越え、我が子を守るのが先だ。
「昨日の朝……いえ、一昨日の夜に牀へ入ったきり、目を覚ましません」
廷尉夫人が、牀を覆う薄絹を開ける。

横たわる娘の顔は、蒼白だ。汗が浮き、苦し気な呼吸を繰り返している。呪詛に侵された人の様子に近い。

しかし、翠玉がこの時もっとも驚いたのは、娘の様子にではなかった。

(――この人……華々さんじゃない)

近づいて娘の顔をまじまじと見たが、まったくの別人だ。

顔の部位が全体的に小ぶりな――母親にそっくりなこの娘と、大きな目が印象的な華々とは、見間違いようがない。

「こちらの娘さんのお名前は?」

「照葉《しょうよう》でございます。秋の、紅葉の季節に生まれたものでございますから」

「こちらのお邸に、他の娘さんは……?」

「いえ。娘は照葉ひとりでございます。自慢の娘で、なにをさせても器用でございまして、それでいて、光り輝くばかりに美しく――」

廷尉夫人の娘自慢は、聞き流した。

曹家の娘は、華々ではない。

(待って。じゃあ、あの華々さんは何者だったの? やっぱり、幻?)

じっくり頭の中を整理したいが、その暇がない。目の前の、曹家の娘を助けるのが最優先だ。

いったん思考を頭の端に追いやり、サッと懐から糸を出す。

鋏でぱちりと蚕糸を切り、端を娘の小指の先に結んだ。

もう一方の端を手で握った途端――

糸は弾けた――かのように見えた。

「痛ッ！」

翠玉は、手を押さえた。

「翠玉様⁉」

一穂が駆け寄ってくる。

「大丈夫よ。気が、強すぎたの」

「呪詛……なのでございますか？」

融けた断面を確かめるまでもない。

呪詛だ。

とても強い――恐らくは八家の。

翠玉の想像は、杞憂ではなかった。

「えぇ、呪詛よ。強い呪詛だわ」

翠玉が告げると、廷尉夫人は、ひぃ、と悲鳴をあげた。

「ど、どうすれば……あぁ、江《こう》貴妃、どうぞお助けくださいませ！　この子は、皇后になるはずの娘です！」

実に勝手な話だ。

望みどおりではないか――という言葉が口をつきそうになる。

「望みどおりではありませんか」

すぐ横から聞こえた声に、自分の心の声が漏れ出でもしたのか、と驚いた。

しかし、違う。

そこで声を発していたのは、一穂だった。

「入宮する娘は、ことごとく悪女に呪殺されるのでしたよね？　そちらの書いた筋書きに忠実な流れではありませんか」

一穂が冷ややかに言えば、廷尉夫人は慌てて首を横に振る。

「と、とんでもない。私どもは、そのような恐ろしいことは……」

「『三家の女が、入宮する娘をことごとく呪殺する』『入宮する娘は、三家の女によって呪殺される』」

一穂が、呪いの文の内容を口にした途端、廷尉夫人の顔は凍りついた。

「なぜ……それを……」

「山のように届いたからです！」

一穂は叫び、パッと辺りに文をまき散らした。

れていた。

（あ、これは……あの呪いの文⁉）

寝室に、ひらひらと文が舞う。

一穂の言葉どおり、山のような数だ。

翠玉の足元にひらりと落ちた一枚には【三家の呪いが、宋家の男子を殺す】と書かれていた。

「あぁ！　これは……ち、違います！　違うのです！」

廷尉夫人が、必死に文をかき集める。

――某君の正体は知れた。

一穂は、さらに名札を手にし、廷尉夫人の前に突きつける。

「こちらは、離宮にご訪問なさった時の、奥方の名札です。筆跡はまったく同じと、外城の諜報部が答えを出しました」

にこりと一穂は笑む。

対する廷尉夫人の顔色は、ひたすらに青い。

「わ、私が書いたわけでは……いえ、それは……それは、ただ、その、願いと反対のことを書けば、悪霊を退けられると……ですから、ただ、書いて、棚にしまっておいただけのものでございます。まさか……まさか……こんな……！」

苦しい言い訳だが、この文の存在が公になれば、今の暮らしをすべて失うことになる。必死にもなるだろう。

見苦しいほどの慌てぶりを目にして、翠玉はかえって冷静になれた。

（おかしいわ、この慌て方。呪いの文はこの夫人が書いたのだろうけれど……我々に見せるつもりはなかったということ？）

一穂も、おかしい、と感じたようだ。ちらりとこちらを見る。

もう少し揺さぶりをかけますか？　と確認したのだろう。翠玉がこくりとうなずけば、一穂は廷尉夫人をキッと鋭く見た。

「これは、後宮と離宮とで見つかったものです。皇帝陛下もご覧になりました。近く処分を下されるでしょう」

廷尉夫人は、その場で床に手をつき、震えながら頭を下げた。

「お許しください！　これは、すべて焼いて捨てるつもりでおりました！」

一穂が「だそうです」と翠玉に向かって一礼した。

さすがは芝居好きだ。拍手喝采を贈りたいほど、見事に自白を引き出した。

「一穂！　すごいわ、貴女って！」

「こちらは複製ですので、ご安心を。原本は斉照殿《せいしょうでん》で保管しております。さ、謝罪も済みましたし、次に参りましょう」

一穂が、牀を腕で示す。

そこには、呪詛に倒れた娘が横たわっている。次に翠玉がすべきは、呪詛の蟲の位置の特定だ。

翠玉はうなずき、懐から四神賽《ししんさい》の入った箱を取り出した。

遠回りをしてしまったが、まずこの気の毒な娘を助けねばならない。

「この呪詛の蟲はいずれに？」

ころりと四つの賽を転がせば、黒が【二】、青が【一】赤が【三】。そして、白が【二】と出た。

南に八十歩。そして西に八十歩。

翠玉は、この邸に入ってから数えていた歩数を頭の中で確認する。

「母屋の……中庭よ。玄関の突き当たりに見えた、中庭を捜して！」

はい！　と返事をして、一穂が寝室を出ていく。

「こ、これで……娘は助かるのですか？」

髪を振り乱した廷尉夫人が、青い顔で問う。

「お約束はできません。ただ、うまくいけば命の危険は遠ざかるでしょう。呪詛を行うには、呪詛の蟲を土に埋める必要があります。これから中庭を捜索して、見つけ次第、外へと運び出しましょう。あくまで、動かすのは蟲です。呪詛で弱った娘さんを動かしてはなりません。とても危険です」

後宮から、兵士は連れてきている。二年前、呪詛の蟲捜しを行った者を中心に選んだ。きっと彼らが見つけ出してくれるだろう。

ここで翠玉にできることはもうない。

寝室の窓から差す光は、部屋の奥に届くほど傾いている。

参拝という形を取っているとはいえ、翠玉の自由になる時間はさほど長くない。

翠玉は「失礼します」と断ると、急ぎ足で寝室を出た。

途中、中庭にいる兵士たちに声をかけてから、玄関を出る。

(急がないと。……すっかり遅くなってしまったわ)

早く天錦城《てんきんじょう》に戻り、明啓に報告したい。この邸で判明した事柄は、外城の情勢に大きく関わる問題だ。

前庭に、清巴の姿が見えた。その前に――人がいる。

「どうぞお助けください！　お慈悲を！」

清巴に頭を下げているのは、年配の女性だった。

廷尉夫人と同種の雰囲気があるので、高官の妻女に違いない。

どちらも品のある顔立ちだが、こちらの夫人の方が小柄で、全体的に丸い印象だ。

(なに？　今度は別口？)

嫌な予感を覚えつつ、翠玉は「どうしたの？」と清巴に声をかける。

清巴は、心底不快そうな顔でこちらを向いた。

常に冷静で、あまり表情を変えない人だが、今回は違うようだ。

「趙将軍のご妻女であられます。――例の、二家のうちのもう一家でございます」

例の、というのは明啓には知らせず、水面下で動いていた入宮計画の話だ。

ひとつは曹家。もうひとつは趙家。

「……まさか……」

「はい。趙家のご息女が、本日の昼頃に倒れられたそうでございます」

眩暈を感じ、翠玉は頭を押さえた。

どうして、こうも次から次へと事が重なるのか。

「江貴妃、どうぞお助けください！　私どもが間違っておりました！　お世継ぎに恵まれぬにもかかわらず、ご側室をおひとりしかお持ちにならない皇帝陛下を、なんとかお助けせねばと――国を思う一心で娘の入宮を望んでしまいました。お許しを！　どうぞ呪詛をお解きください！」

将軍夫人の言い分を聞き、翠玉も清巴と同じ表情になってしまった。

心底不快だ、という顔である。

（あぁ、もう疲れたわ……）

いい加減、翠玉もうんざりしている。知ったことではない、と今すぐすべて投げ捨てしまいたいくらいだ。

だが、我が子を守るためにも、ここは耐えねばならない。

「明日、お邸にうかがいます。その時にお話は改めて」

「明日!? それでは、娘が死んでしまいます！ 娘は私の宝です！ どうぞ奪わないでくださいませ！」

悲鳴じみた声で、将軍夫人は抗議をした。

清巴が「無礼な」とたしなめたが、夫人は気にした様子もない。

疲れと苛立ちが、いっそう募る。

「今日のうちに兵士を派遣して、呪詛の蟲を捜させましょう。場所の特定ができませんので、時間はかかるかもしれませんが――」

「今、曹家でなさっていた、なにか、まじないのようなものを、当家でもしてくださいませ。まさか、出し惜しみをなさるのですか？ 金額の問題でしたら、いくらでも出させていただきます！」

呪詛の噂だけでも迷惑なのに、金で解決すると思われてはたまらない。

疲労は、いっそう翠玉を追いつめた。

「違います。占いは、日に一度しかできぬのです。申し訳ありませんが、今は兵士を派遣することしかできません。――命にかかわりますので」

「命にかかわるからなんだというのです！　化物と私の娘の、どちらの命が大事か、考える余地はございません！　さぁ、お急ぎを！」

なにを言われているのか、とっさにわからなかった。

先に清巴が気づいて「追い払え」と兵士に命じる。

（この人は……私が死んでもいいと言っているんだわ。私も、この子も）

死んでもいい。死ぬべきだ。

三家の化物の命など知ったことか――と。

そして、翠玉も思った。――私と我が子の安全を脅《おびや》かす者がどうなろうと知ったことか、と。

そこまで自分を軽んじる人間を、こちらが守る義理はない。

そんな言葉が口からこぼれそうになった時――

ヒヒーン、と突然、馬車の馬が嘶《いなな》き、棹立《さおだ》ちになった。

（……ッ！）

騒ぎだしたのは一頭だけではない。前庭にあったいくつもの馬車も同時にだ。

兵士に囲まれていた将軍夫人は「ひぃ！」と叫んで、門に向かって逃げていく。

翠玉の目の前でも、馬が暴れだした。

「きゃあ！」

とっさに、清巴が翠玉をかばい「中へお戻りを！」と叫ぶ。

「翠玉様、こちらに！」

後ろから誰かの手が伸びてきて、翠玉を誘導する。

深緑色の袍が目に入った。随行の宦官だろう。

宦官は、邸の母屋に添って移動し、納屋の前で足を止めた。

（なんだったのかしら……馬が、あんなに突然……）

ひとまず難は逃れた。翠玉はふぅ、と吐息を漏らす。

「江家の姫君の腕は見事だな。恐れいった」

ふいに聞こえた声に、ハッと息を呑んだ。

宦官だ、と思っていたが――すぐ横にいる人は、どう見ても宦官には見えない。

小柄だが、赤銅色の肌に、精悍な顔立ち。体格もいい。ほぼ全員の肌が白い、後宮の宦官とは明らかに別種だ。

「あ、貴方は――」

「芭郎《ばろう》だ」

その名を、翠玉は呉娘から聞いている。

男がにっと笑めば、白い歯がのぞいた。口元を隠して笑う宦官とは、やはり違う。

「八家の……方ですね？」

「そうだ。遥々と、アンタたちを迎えに南から来た。お初にお目にかかる、江貴妃殿」

ついに、八家の人間が目の前に現れた。

いずれ来るかもしれない、と覚悟を決めていたはずが、頭がうまく働かない。

「あ……極北の港から康国《こう》に入り、西護院から呉娘さんを助け出した……と聞いています。本当……ですか？」

「あぁ、本当だ。全滅したと思っていた、三家の末裔が生きていると知り、精鋭十名ほどで確かめに来た。わかっているだろうが、我らは特殊だ。特殊で、強く、かつ弱い。仲間が窮していれば、助けたい。こちらには仲間が多くいる」

本物だ。本物の、仲間だ。

異能を持ち、かつ一族を保ち、暮らしを営んでいる。

（本当にいたんだわ。異能を持つ一族が）

抗いがたい喜びがあり、だが、すぐにその熱も冷めた。

彼らと自分とは、属する世界が違う。価値観の共有は難しいと思っている。

「私は、報復を求めていません」

「あの尼寺の件を言っているならば、陶《とう》家の女を守るために、掟を遂行する必要があった。枉《ま》げることはできない」

翠玉は、どうしても許容できない。

異能は、人を守るためのものだと思っているからだ。

だが、それが掟だ、と言われれば、それ以上はなにも言えない。江家には江家の掟があった。八家にも八家の掟があるのだろう。

「この邸の娘さんにも、呪詛をかけているでしょう？　どうか、すぐにも解除してください」

「よく看破したな。アンタの腕が見事で驚いている。裁定者の異能は、南では絶えて久しい。――まったくもって残念だ。アンタが独り身であれば、喜んで妻に迎えただろうに。もっと早く見つけたかった」

「……冗談はよしてください」

翠玉は、思い切り顔をしかめた。

いかに属する文化が違おうと、無礼に過ぎる軽口だ。

「わかっている。異能持ちの女は情が深い。嫁いだ女を無理やり連れ戻すほどバカではないつもりだ。だが、やはり惜しい」

翠玉は「よしてください」ともう一度抗議をした。

身内ならではの遠慮のなさだとしても、そうした勝手さを、翠玉は好まない。

「私は、どこにも行きません」

「だが、幸せそうには見えない」

どきり、とした。

なにをもって幸せと呼ぶのか、翠玉にはよくわからない。

「そんなことは――ありません」

曹家の邸の入った時に、思った。

これだけの家と、地位とがあってなにが不満なのか、と。

絹の袍に、立派な馬車。側室とはいえ、皇帝の後宮に入る身。今の翠玉に、不満がなくて当然だとも言えるだろう。

だが、堂々と幸せだ、とも言うのには、少しだけためらいがあった。

「アンタの亭主は、アンタを守ってくれるのか？」

「それは――」

翠玉は、言葉に詰まった。

痛いところをつかれたからではない。

明啓は、翠玉を守ろうとしている。相手は高官。事の規模も大きい。今は外から見えないだけで、必ず問題を解決すると信じている。

ただ、現状の翠玉が、陰謀に窮しているのは事実であった。耐えがたい蔑《さげす》みも、たった今受けたばかりだ。それが不幸に見えると言われれば、反論は難しい。

「助けてくれ、と一言言えばいい。助けてやる」

「お気持ちだけいただきます。私は、どこへも行きません」

芭郎は「わかった」とうなずくと、それ以上強いはしなかった。

「まぁ、惜しいという気持ちだけは持たせてくれ。我らは、血を繋ぐのが難しいのだ。裁定者の血は、喉から手が出るほど欲しい」

事情はまったくわからないが、異能を代々保ち続けるのが難しいのは、簡単に想像がつく。血を繋ぐのも難しい上に、異能を制御し、使いこなせるようになるまでには、厚い教育も必要になる。

「そちらの事情はお察ししますが、康国において、人の妻に対してそのような発言は礼を失したものとして嫌われます」

「江家の女らしい態度だ。好ましい……が、ここは従う。すまなかった」

笑いながら、芭郎は恭《うやうや》しい礼をした。

前庭の方で、また馬の嘶きが聞こえてくる。

「あの馬は、貴方が？　離宮で鹿を招いたのも貴方ですか？」

「あぁ、そうだ。異能ですか？」

翠玉は「まぁ」と声をあげ、驚きを表に出さずにはいられなかった。

「本当に、そんな異能があるのですね。……知りませんでした」

「アンタの知らないことが、山ほどある。気になるだろう？　南に来ればいろいろとわかるぞ。いかにして、我らが異能を手に入れたのか」

「行きません。しつこいですよ」

知りたい、という気持ちは、当然ながらある。

だが、この好奇心に従った場合、翠玉は多くを失うだろう。この国で、ただの人として暮らすには、いっそなにも知らない方が好都合だ。

（知らない方がいい。……人と自分たちの違いなど、知ったところで意味はないもの）

自分と、自分の子供の、人と異なる部分など知りたくはなかった。

今日この日まで、翠玉の血縁者は人として生き、かつ死んでいる。それだけわかれば十分だ。

「気が変わるのを待っている。――オレの異能の話だったな。獣を操る以外にも、いろいろと応用はできる。獣と意識を繋ぐのだ。先ほどの占いも、間近で見ていた」

にゃあ、と足元で猫が鳴いた。

黒い子猫――墨黒だ。

この邸の猫かとも思ったが、首の紅色の紐飾りは、翠玉が巻いたものである。

「墨黒？　どうしてここに！」

「馬車に乗りこませた」

墨黒との出会いから、今日までのことを思い出す。

たしかに最初から、常の猫とは様子が違っていたように思う。周太后も、翠玉の異能ではないかと冗談まじりに言っていたくらいだ。

すると、最初からこの子猫は芭郎に操られていたらしい。

「もしや……すべて筒抜けですか？」

「必要に応じてだ。盗み聞きはしていない」

「……本当に？」

「四六時中意識は繋げない。慎みくらいは持っている」

芭郎は、太い眉を寄せた。

異能の使い道を、邪推されるのは気分のよくないものだ。さんざん疑いをかけられてきた翠玉には理解できる。

翠玉は素直に「すみません」と謝った。

「八家の異能の話は、いったん横に置かせてください。それで――この娘さんにかけられた呪詛はなんです？　あまり、賢いやり方とは思えません」

「まったくだ」

思いがけず、芭郎は翠玉の評を認めた。

「わかっているなら、今すぐ止めてください」

「アンタを、不幸だと思っている仲間がいる。まぁ、オレが見ても幸せそうには見えないが。とにかく、江家の末裔を助け出したい、と言って、勝手な行動を取っている。石郎《せきろう》、という者だ。いずれ貴女とも接触するだろう」

「石郎……」

「オレが止めても聞く耳は持たん。会ったら、自分は幸せだと伝えるといい。名前どおりの石頭だ。手こずるかもしれないが」

石頭で、仲間の集団を飛び出して行動する者。聞いただけで、相手をするのは大変そうだ。

しかし、翠玉はいずれその石頭が接触するのを待つわけにはいかなかった。

「いえ、それでは間にあいません。西護院の尼僧は、一瞬で死にました。同じ方の呪詛ですよね？　石郎さんとの交渉の前に、娘さんたちが亡くなってしまいます」

「死の機は、呪詛をかける者にも制御できない。身体の弱った者は一瞬で死に、健康な者は一ヶ月経っても死なない。そういうものだ。よほど病弱な者でもない限り、不摂生の肥った尼僧よりは長くもつだろう」

芭郎の言葉は理解できるが、受け入れがたい。

翠玉は、曹家の娘なり趙家の娘なりが、健康かどうかなど知らない。いつ死んでもおかしくない、と言われたのと同じだ。

「いえ、急ぎます。呪詛の解除の方法は、わかりませんか？」

「蟲さえ掘り出してもらえば、あとはこちらで対処する。呪詛の解除に長《た》けた者が、仲間の中にいるからな。だが、位置を探る力まではない。アンタの腕が頼りだ」

異能は、数が増えれば増えるほど、その効力が増す。二年前の事件の時も、李花の護符がどれだけ力になったかわからない。

今回翠玉は、遠い南から来た八家の者と力をあわせることになったようだ。

「助かります。娘さんたちを、殺したくないんです」

「こちらとて、それは同じだ。誤解もあろうが、無意味な殺人は我らの望むところではない。殺すとすれば、あの狸爺《たぬきじじい》だけで十分だと思っている」

「曹廷尉……ですか」

「あぁ、そうだ。だが、こちらの助けはいらぬのだろう？　報復も望んでない。アンタは、その狸爺の処分を亭主にでも頼むといい。こちらはもう手を引く。陶家の女を保護できただけでも十分な成果だ。我らは石郎を確保し次第、すぐに南へ帰る」

なんと話の通りが早いのだろう。

あの、高官夫人たちの無茶な理屈を聞いたあとだからか、あまりにまともで、翠玉は感動さえ覚えた。

「では、私は明日にでも趙家を訪ねて、そちらの蟲の場所も探っておきます。解除はお任せしてよろしいですね？」

「それは請け負う。こちらにわざわざ報せる必要はない。その黒猫――墨黒と言ったか？　そちらと意識を繋いでおく。だが……アンタ、本気で助けるつもりか？　あんな腹の立つ相手を」

翠玉は、むっと唇を引き結んだ。

将軍夫人とのやり取りを思い出せば、たしかに腹は立つ。胸に刺さった言葉の傷は、簡単に消えはしないだろう。

しかし、ここで娘を見殺しにはできない。異能を持つ者としての矜持《きょうじ》がある。

「助けますよ。私の異能は、人を助けるためにあるのですから」

「お優しいことだ」

「……もしものことがあった時、私のせいにされては敵いませんから」

「アンタ、八方敵だらけだな。まったく頼もしい亭主だ」

ははは、と明るく芭郎は笑った。

日焼けをした肌に、歯の白さが際立つ。

「すぐに馬を落ち着かせてください。天錦城に帰ります」

「あの城に帰るのか？　それは、たしかにアンタの意思か？」

「えぇ、そうです」

「そちらでどう伝わっているか知らないが、三家の当主は、宇《う》国の高祖に脅されて、北へ向かったと言われている」

突然告げられた言葉に、翠玉はぎょっとした。

翠玉にとって、三家の伝承はすべて父から聞いたものでしかない。

「違う――はずです。宇国の高祖は、三家に敬意をはらって迎え入れ、厚く遇したと聞いていません。三家も、その恩に報いたと……少なくとも、脅されたなどという話は、聞いた記憶がありません」

「八家の隠れ里の場所を、吹聴されたくなければついてこい、と脅されたそうだ。こちらでは、三家の者は身を挺して八家を守った英雄とされている。――貴女はどうだ？　家族を守るために、その場所にいるのではないのか？」

恐らく、芭郎は翠玉が貴妃の座に就くまでの経緯を知っている。知った上で、そう問うているのだろう。

家族の暮らしと引き換えに、我が身を皇帝に売ったのではないか、と。

ここで、翠玉ははっきりと否定する必要があった。

「違います。明啓様は、罪と則に縛られていた頃から、私の説く理に耳を傾けてくださいました。そのお心にうたれ、私はお仕えしているのです。なにひとつ強いられてなどいません」

この騒ぎを収めるには、線引きを曖昧にしてはならない。

はっきり翠玉は「どこへも行きません」と繰り返す。

くい、と芭郎は太い眉を上げた。

「気が変わった時は、その猫に頼むといい。助けてやろう」

じゃあな、と手を振り、宦官のふりをした芭郎は、ふっと消えてしまった。

消えた、としか言いようがない。

屋根の上にでも跳び上がったのだろうか。塀やら屋根やらを見上げたが、もう人の気配は感じられなかった。

（行ってしまった……もっといろいろ聞いておけば……いえ、呪詛を解いてもらえれば、それだけで十分。必要以上に関わってはいけない。彼らは、別の世界を生きる人たちなのだから）

三家は、三百五十年前に南を離れた。二百年前に族誅の憂き目にあってなお、北にとどまったのだ。

それが、江家の出した答えだ。

雑音に惑わされてはいけない。

（帰ろう。今日はもう……疲れたわ）

明日は、早くに趙家へ向かわねばならない。

どれだけ人がいいと笑われようと、譲れぬ一線だ。

ただ——ひどく疲れた。

前庭に向かって、重い一歩を踏み出す。

ハッとして、低いところをさまよっていた目線を上げた。

「翠玉！」

そこに明啓がいる。

（え……？）

翠玉は、ぽかんと口を開けていた。

駆け寄ってくる明啓は、月心殿を訪ねてくる時と同じ軽装だ。

「明啓様！　どうして——」

「貴女が、曹廷尉の邸に向かったと聞いて案じていた。……今のは——」

今、ここで翠玉と話していたのが、何者なのか。

説明が難しい。

明啓は、呉娘が生きていることも知らないのだ。順を追って話すにも、先に伝えねばならない事実が多すぎる。せめて、天錦城に戻ってから伝えたい。

この場をしのぐために、翠玉は、

「か、宦官です」

と答えた。

すぐに明啓は険しい表情で、

「あのように、体格のよい宦官などいない」

と堂々と否定した。

自分の宦官姿も相当だった、とちらりと思ったが、口には出さなかった。

「……隠すつもりはございません。ただ、この場では……お伝えするのが難しいのです。お許しを」

手が差し出され、翠玉は夫の手に自分の手を重ねた。

その途端に引き寄せられ、ぎゅっと強く抱きしめられる。

かぎなれた涼やかな香《こう》の香りが、翠玉の身体を包んだ。

「め、明啓様……？」

「どこにも、行かないでくれ」

言葉の必死さが、胸に痛みをもたらす。

「なにをおっしゃるのです。私は――」

「貴女を、誰にも渡したくない」

妻は貴女ひとりだ、と言った明啓の言葉を、翠玉は信じきれなかった。

あの時、寂しそうな表情を見せた明啓の気持ちが、今はよくわかる。

自分が、夫の信頼に値しなかったのだと思うとひどく悲しい。

切なさに耐えながら、明啓の身体をしっかりと抱きしめ返した。

「明啓様。私は……どこへも参りません。決して」

「なにを言われた？　あの男は、何者だ？」

「月心殿に戻りましたら、お話しいたします」

「あの男は、貴女を迎えに来たのだな？　ここへは、示しあわせて来たのか？」

明啓が、身体を少しだけ離す。

翠玉は首を上げ、その顔を見つめた。

ある程度の説明をしなければ、この場は収まりそうにない。

「違います。占いをするために、ここまで参りました。入宮予定だった曹家の娘御は、呪詛をかけられております。蟲の位置は特定できましたので、見つけ次第、城外に運んでもらうよう、兵士に頼んでいます。……趙家の娘御もお倒れになったそうですので、兵を趙家のお邸に派遣して、中庭を捜してもらいます」

翠玉は優先すべき事柄だけを、口早に伝えた。

「その情報を、あの男から得たのだな」

本当に、今日の明啓は彼らしくない。

自分がそうさせたのだと思うと、翠玉の気持ちも焦りに襲われる。

「いいえ。私が占いを行い、つきとめたのです。ただ……解除は、彼らに頼む形にな

「あるいは、あとになって、南へ連れ戻そうとするのでは──」

「見返りを要求してきたのではないのか？」

「していません」

「取引をしたのか？」

りました」

「いいえ！　そのような取引、するわけがありません。本当に、呪詛の解除を頼んだだけです。それに……南へは行かないと、はっきり伝えましたし」

落ち着いて話さなければ、と思うのに、ままならない。

声が鋭くなるのを、止められなかった。

「しかし、貴女は曹家の娘の来訪を伝えなかった」

「それは……」

「あの時も、なにかあったのではないのか？」

翠玉は、言葉につまる。

あの時訪ねてきたのは、曹家の娘ではない何者かだ。

「いえ、なにも……」

「そうして隠そうとするのは、なにか理由が──もしや、曹家の娘というのも嘘で、あの男の仲間だったのか？」

違う、と翠玉は否定ができない。

華々が来た時、鹿が離宮を騒がせていた。芭郎が関わっているのなら、あの美しい娘も、芭郎の仲間だと推測するのは容易い。

だが、言えなかった理由は、八家との接触を隠すためではなかった。

「それは……」

「なぜ、隠した？」

もうはぐらかすのも限界だ。

隠せば隠すほど、疑いは強まるだろう。

翠玉は、心の奥にしまっていたドロドロとした感情を、明らかにせざるを得なくなった。

「か、隠そうとしたのは……ただの嫉妬です！　ぇぇ、そうです。嫉妬です。曹家の娘さんが……とても若くて、美しくて、朗らかな方だったから……明啓様のお耳に入れたくなかったんです。バカバカしい話ですが……離宮に来たのは、曹家の娘さんではなかったし……もう、なにがなにやらわかりません」

口にすると、なんとも情けない気持ちになった。

「翠玉」

ふいに、明啓の声が優しくなった。

手が、ゆっくりと翠玉の頬を撫でる。

「……はい」

「俺は、貴女が好きなのだ。何度でも言うが、他の妃嬪など求めてはいない。嫉妬など、どうかしないでくれ」

今ならばわかる。明啓が、次々と若く美しい娘を入宮させるわけがない。彼は、先帝とは違うのだから。

「……申し訳ありません。話をややこしくしてしまって」

翠玉は、明啓の手に、自分の手を重ねた。

ふっと明啓の目が優しくなる。

翠玉も、目を細めた。

「曹家の娘の件は、こちらでも調べさせよう。……しかし、俺の焦りも、ただの嫉妬だな。見苦しいところを見せた」

思いがけない言葉に、翠玉はつい笑ってしまう。

「嫉妬だなんて！　明啓様が？」

「たとえ俺以外のものを選ぶことになっても、貴女の選択を尊重するつもりでいたのだが……取り乱してしまった。すまない」

申し訳なさそうに、明啓の凛々《りり》しい眉が下がる。

いつでも冷静な夫が、取り乱すほど自分を思ってくれたのかと思えば、愛おしさが募る。翠玉は重ねた手に力をこめた。

(身籠った、とお伝えできたら……明啓様の不安も、きっと消え去るのに)

言いたい。けれど、言えない。

伝えるのは事が落ち着いてからだ。今はまだ、時機が悪すぎる。

今、身籠ったと明かしてしまえば、趙家の邸へ行くのも止められかねない。

言えない。けれど夫を愛おしく思う気持ちは、身籠る以前よりも、ずっと強くなっていた。

「どこへも行きません。共白髪まで——いいえ、廟までお供します」

翠玉は、心のままに思いを伝える。

「そばにいてほしい。どうか、来世まで」

「お約束します」

明啓はいっそう目を細め、そっと翠玉の額に口づけた。

「改めて、作戦会議をするとしよう。夜に行く。待っていてくれ」

ふたりで前庭まで戻ると、馬はすっかり落ち着いていた。

明啓は「少し用がある」と言って、翠玉だけを馬車に乗せた。すぐに墨黒もするりと乗りこんでくる。

「お気をつけて。お待ちしております」

「あぁ、外城のことは任せてくれ。――決して、このような暴挙を野放しにはしない」

翠玉はうなずき、明啓に一礼した。

動きだす馬車の窓を開けて手を振れば、明啓も大きく振り返す。

翠玉は、小さくなっていく夫の姿を、馬車が角を曲がるまでずっと見ていた。


――待っていてくれ。

たしかにそう明啓は言ったのだが。

明啓はその日、月心殿を訪ねては来なかった。

夕食を終え、茶を飲み、その後も待ったが、明啓は来ない。

報せのひとつもないままだ。

「そろそろお休みなられませんと、お身体に障ります。陛下にも、ご事情がおありだったのでございましょう」

五穂に声をかけられ、翠玉はハッと顔を上げた。

どのくらい、客間の長椅子でぼんやりしていたのだろう。

「そうね。……少し、風にあたってから休むわ」

翠玉は立ち上がり、ひとりで中庭に出た。

月は屋根にかかり、煌々《こうこう》と明るい。月心殿の名に相応しい、美しい月だ。

（こんなに長い夜を月心殿で過ごしたのは、はじめてだわ）

来るかもしれない。来ないかもしれない。

化粧も落とせず、夜更けまで待つ時間のなんと長いことか。

婚儀から今日まで経験せずに済んだのは、明啓の優しさの証しだ、と翠玉は思った。

（そろそろ休まないと。明日は、趙家のお邸を訪ねるんだし。……曹家の呪詛の蟲は見つかったのかしら……まだ、なんの連絡もないわ）

ふいに感じた疲れは、ため息となってこぼれた。

「お可哀そうな貴妃様」

小さな声が、背の方から聞こえた。

五穂ではなく、一穂でもない声だ。詩英とも違う。

振り返れば、すぐそこに桜色の袍を着た女官がいる。月心殿か斉照殿の、いずれかで働く者だろう。

薄暗い中庭では、顔ははっきりと見えない。しかし、身近にいる女官は背の高い者が多いので、彼女たちとは違うようだ。

（あぁ、そういえば逃げていった女官に代わりに、新しい女官が入ると言っていたわね。今日来たばかりの人なのかしら）

慣れぬ職場では、気も張っていただろう。遅くまで拘束してしまったのを、翠玉は申し訳なく思った。

「もう休むわ。ごめんなさいね、貴女たちまでつきあわせて。さ、中に入りましょう。……貴女、名前は？」

「石郎」

ぎょっとして、翠玉は後ずさった。

その拍子に、足を岩にぶつけてしまう。

「あっ」

ぐらりと傾いた身体を、石郎が腕を伸ばして抱きとめる。その一瞬の身ごなしだけで、呉娘と同じ解放者なのだとわかった。並みの人間には、出せない力だ。

「女を泣かせるだけの男など、捨ててしまえばいい」

口調は男のようだが、声は女のそれだ。それも可憐な娘の声である。

石郎、というからには男だとばかり思っていたが、目の前にいるのは若い娘だ。

その目の奥が、きらりと――比喩《ひゆ》ではなく、本当に光った。

金色に輝く瞳に見つめられ、翠玉は大きく目を見開く。

瞳にも当然驚いたが、その顔をまじまじと見た翠玉は、さらに目を大きくした。

（え……？）

——見覚えがある。

「あ、貴女……華々さん？　待って、どういうこと？」

目の前の娘は、華々だ。

たしかに離宮で会った、あの美しい娘がそこにいる。

「華々は、アンタの名だろう？　評判のいい占師だったそうじゃないか」

ははは、と明るく石郎は笑った。

それは事実だ。翠玉は占師をしていた頃、華々娘子《かかじょうし》、と名乗っていた。石郎は、その名を偽名として用いたらしい。

（そんなことまで調べていたのね……！）

翠玉は驚きを新たにした。三家の末裔を助けに来たと言うだけあって、彼らはしっかりと情報を入手していたようだ。

それにしても、あの清楚な印象の娘は、どこに行ってしまったのだろう。

（本当に、同一人物？　雰囲気が違いすぎて、信じられないわ！）

よくよく見れば、たしかに華々と名乗った娘そのままの愛らしい顔なのだ。

しかし口調や態度は、愛らしさとは程遠い。

印象の落差が激しく、頭が混乱する。

「お、男の方かと思っていました。名前が……」

「解放者は、敬意をもってそう呼ばれる。芭家なら芭郎。石家なら石郎だ」

混乱したが、やっと腑に落ちた。その呼び名は、八家独自の文化らしい。郎、という呼称が示すものは、性別ではなく、異能を解放したか否かであるようだ。

「それで、あの、その目は――」

その金色に光る目から、翠玉は目が離せない。確認が最後になったが、状況が許せば、最初にしておきたかった問いだ。

「怖いか？　この目が」

くっと目が細められる。

すると金の瞳は、いっそう美しく輝いた。

「それは……怖いといえば怖いですが……はじめて見たものですから、驚いています」

「解放者に身体に現れる異形は、先祖返りだそうだ。角の出る者もいれば、月の下で目の光る者もある。手足の形の変わる者もいるぞ。陶家の女は、角が出ていたな」

ぞわり、と背筋が寒くなる。

異能と同じように、解放者の身体に現れる特徴にも多様な種類があるらしい。

（先祖返りって……嘘でしょう？）

翠玉は、驚きを隠せなかった。

「わ、我らの先祖は、そこまで人と違う形をしていた……のですか……」

多少の覚悟はしていた。

翠玉は、呉娘の角もこの目で見ている。

自分も、いずれ人の形を失うのではないか。

悪夢にうなされるほど思いつめた日もある。それでも、人として人生をまっとうできると信じたからこそ、結婚という選択をした。

(私にも、異形の血が流れている……この子にも……)

腹に新たな命の宿った今、目の前につきつけられたのは、想像していたよりも重い事実であった。

「確証はないがな。先祖の姿は、八家にも正確に伝わっていないのだ」

「石郎さん、その……」

翠玉の不安を、石郎は見透かしたようだ。唇が、にっと片側だけ上がる。

「教えるから南に来い、なんて意地悪は言わないさ。怖いんだろう？　異形の子が生まれるのが。人に嫁ぐ娘は、皆それを恐れる」

翠玉は、こくりとうなずいた。

たしかに、怖い。開放者の姿を知った今、以前よりもいっそう異形を恐れる気持ちは強くなった。

だが、異形自体よりも恐ろしいものがある。周囲の人からの加害だ。敬遠、忌避、憎悪。異形を恐れる気持ちは、いずれ暴力を呼ぶだろう。

「その可能性があるならば、子供を守るために、どこぞへ逃げる必要があります」

「所変われど、人は変わらず、だな。本当に、皆が同じことを言う」

ははは、と楽しそうに石郎は笑った。

「大丈夫……なのでしょうか？」

「アタシが知る限りではな。人と交わり、限りなく人に近づきながら、八家は今日まで命を繋いできた。今は千のうち、九百九十九は人と同じだ。異能さえ使わなければ、人と変わらず生涯を終えられる。そう思いつめる必要はない。どうせ、そこいらの人だって、大昔は猴《さる》みたいな姿をしていたさ」

翠玉は、胸を撫で下ろす。

石郎の大きな目は、金色の不思議な光を湛えている。思わず見とれてしまいそうだ。不思議と、強い恐れは感じない。三家の血がそう判断させるのだろうか、と翠玉は思った。

「そう……ですか。芭郎さんにもお会いしました。彼も解放者なのですよね？」

「あれは、足に出ている。沓さえ脱がなければ気づかれない。得な男だ」

異能も様々にあり、先祖返りの異形も様々にある。外との関わりに困らぬものもあれば、困るものもあるらしい。

麓の人たちと共生する、彼らの暮らしが、少しだけ想像できた。

（呉娘さんも、八家の里でならば、困らずに生きられるのかもしれない）

その一点にだけ、翠玉は安堵した。

呉娘に関しては、八家の救いが必要だったと思っている。

だが、翠玉も、李花も、琴都《きんと》で自身の暮らしを持っているのだ。

（きちんと伝えなくては）

石郎がここに来た理由を、翠玉は知っている。

南での暮らしや、八家の歴史。様々に知りたいことはあったが、ここは早い段階で線を引くべきだ。

「石郎さん。私は、南に行くつもりはありません」

彼らは、遠いどこかで生きる人たちで、翠玉とは違っている。たとえ同じ血が流れていようと、三百五十年の月日は、八家と三家を大きく隔てた。

「まったく、判を押したように同じことを言うな。そうして不幸な死に方をするのだ」

かわいそうに、と石郎は悲しげに目を細めた。

「私は、殺されはしません」

「陶家の女は、狸爺に殺されかけた。アンタもだろう？　殺されかけてる。アンタと陶家の女を隔てるものはなんだ？」

「それは……」

呉娘は、曹廷尉に殺されかけた。

翠玉は、曹廷尉に廃位の計画を立てられている。――殺害に至るまで続く計画を。

同じ三家の女。

隔てるものは、ごく少ない。

「まさか、亭主がいるかどうかか？　それとも愛か？」

からかう調子で、石郎が言う。

翠玉は「違いますよ」とやや不機嫌に否定した。

「あえて挙げるならば、環境です。呉娘さんへの虐待は、人の出入りのない尼寺院で秘密裡に行われていましたから、助ける術がなかった。けれど今は違います。彼らの企みはすでに明らかになっていますから、挫くこともできるでしょう」

「極北の港に着いてから、アンタが悪く言われるのを、うんざりするほど聞いた。狸爺はアンタを殺そうとしてる。あの勝手極まる文を見ただろう？　わざわざ届けてやったんだから、わかるはずだ」

「もしや……貴女ですか？　あの呪いの文を、私に届けたのは」

にこり、と石郎は笑んだ。とても嬉しそうに。

笑顔だけは、やはり愛らしい。

(廷尉夫人も、解放者がからんでくるなんて想定外だったのね。……どうりであんなに慌てていたわけだわ)

呪いの文が届けられた機といい、場所といい、不可思議な現象だと思っていたが、解放者が運んでいたとわかれば納得がいく。

「あぁ。アタシがやったんだ。ぼんやりしたアンタの目を覚まさせるために、アンタと、アンタの亭主に見せてやろうと思ったのさ。だって、腹が立つだろう？　あれは、娘の入宮直前に、あちこちの寺院へ配るつもりで用意されていたものだ。実行されてたら、さぞ大騒ぎだっただろうな」

ははは、と石郎は笑った。

翠玉は、頭痛を感じて額を押さえる。

石郎の言うように、実行されていれば大きな問題になっていただろう。悪女が入宮する娘を呪い殺す——と寺院に文がまかれると同時に、本当に娘が倒れるのだから。

「仮病の予定……だったはずです」

「そりゃそうさ。だから多少痛い目にあわせてやったんだ」

「両親に問題はあると思いますが、娘さんは関係ありませんよ」

はぁ、と石郎はため息をついた。

「あるさ。大いにある。頼りないな、アンタの亭主は。この国に来たばかりのアタシの耳に入ったものを、まだアンタの亭主はつかめていないんだから。……そんな体《てい》たらくで、狸爺の企みを挫くことができるのか？　見てられない。本当に気の毒だ。あんな男は捨ててしまえ」

「よしてください。陛下は、この問題を必ず解決します」

翠玉は、キッと眦を吊り上げる。

「そもそも、元凶はアンタの亭主じゃないか。唯一の妻と呼ぶ者を、側室になどしておくからだ。側室のままにするなら、アンタを皇后の住まいに置くべきじゃない。そんな中途半端な真似をするから、アンタは侮られて、命の危機に瀕してる。違うか？　騙された女は、皆同じことを言うんだ。——夫を愛してるんです。夫も私を愛しています、とな。そうして夫のせいで殺されるか、夫が死んだあとで殺されるか。どっちにせよ、不幸な死に方をする羽目になる」

「私は、陛下に望まれて……いえ、私が望んでここにいるのです」

「側室になれて幸せだとでも言う気か？　目を覚ませ。あの尼寺で飢えながら、同じ科白《せりふ》が言えるのか？　アタシと行こう。江家の姫君。決してアンタを泣かせはしない。——返事は、報復のあとでいい」

労わるような口調で、石郎は言う。

彼女にとって同胞の救出は、絶対的に正しい行いなのだ。

掟を守り、同胞を守る。二千里以上の道を越えて来たほどだ。信念は枉げられないのだろう。

「いいえ。私は貴女たちとは行きませんし、報復も不要です。彼らはこちらが裁きます。手出しをしないでください」

「同胞を殺そうとした者を、アタシは許さない」

理屈はわかる。もし、三家にも血の報復が存在していたとすれば、呉娘も、餓死の危機に見舞われずに済み、翠玉を廃す動きも起こらなかったはずだ。

侮りから生まれる加害ほど、残酷なものはない。

「生き延びるための知恵は、こちらにもあります。強大な康国の支配下で、三家は二百年命を繋いできたのですから、無意味ではないはずです」

「……なんだ。言ってみろ」

芭郎と話した時にも感じたが、彼らは力押しをする気はないらしい。対話の余地がある。

あの高官夫人がたと話している時のように、とてつもない疲労を覚えはしなかった。

「国の則に従うことです」

「くだらない。国の則は、異能の者を守らないだろう」

「そうとも限りません。こちらが則の傘の下にいれば、相手を正しく裁けます。報復として殺すだけでは、曹廷尉の悪事を、人が知る機会を逸《いっ》します。康国の人は、血の報復というもの自体を知らぬのです。南と同じ効果は得られません」

焦らず、冷静に。翠玉は石郎の光る目を見つめながら説明した。

「策でもあるのか？」

「はい。ひとまず、こちらに任せてはいただけませんか？　相手は高官です。断罪するにも時間がいります。きちんと手順を踏み、曹廷尉を裁きの場に導きましょう。そのためにも、今は彼らを殺してはいけません」

ふむ、と石郎は愛らしい顔を険しくした。

「まぁ、そうだな。アンタらにその力があるのなら、それでいい。……できるのか？」

「できます。ですから、いったん報復は中止してください」

難しい顔でしばらく考えていた石郎は、ポン、と手を叩いた。

「……よし、わかった。ここは、いったんご亭主のお手並み拝見といこう。だが、アンタの亭主が守りきれないとわかった時点で、報復は再開するぞ」

「それでは……私が呪詛を行ったことにされてしまいます。呪いの文を見たのなら、わかるでしょう？」

「好都合だ。どうせ、陶家の女と同じ手でくるさ。尼寺に向かう途中で攫ってやる。飢えさせやしないし、アンタの親族もちゃんと守る。いいな？」

「わ、わかりました」

翠玉がうなずいた途端、パッと目の前から石郎の姿が消えた。

屋根の上を見渡したが、ただ夜空が広がるばかりである。

(よかった。……なんとかわかってくれて)

翠玉は、胸を撫で下ろす。

無茶な取引であるのは承知の上だ。とにかく、石郎の呪詛の矛先だけは、今すぐそらす必要があった。

(曹廷尉の陰謀は、遠からず裁かれるわ。大丈夫。御簾裁判になんてならない。明啓様がお許しにならないもの)

廷尉夫人は、呪いの文を自身が書いたと認めている。文と名札が手元にある以上、言い逃れはできないはずだ。

(あとは、曹家と趙家の娘さんの呪詛さえ解除されれば……)

取引はしたものの、呪詛の蟲捜しをする兵たちには、このまま作業を続けてもらうべきだろう。

人の命がかかっている。石郎が呪詛を解除したかどうかを、その場で判断するまで安心はできない。

翠玉も、明日は趙家を訪ねるつもりだ。

頭の中で段取りができると、眠気が襲ってきた。

うとうとしながら化粧を落とし、急いで牀に入る。

（もう大丈夫。きっと、大丈夫……）

眠りに落ちる直前に、翠玉は安堵していた。

もうすぐ、すべて解決するだろう――と。

だが――翌朝になって、その望みは儚く砕かれる。

深緑色の袍の宦官が、慌てた様子で月心殿に報せを持ってきた。

翠玉は、趙家の邸を訪ねるための黒装束を、ちょうど羽織り終えたところであった。

「も、申し上げます。皇帝陛下が、昨夜からご不快のご様子でございまして……」

「え？　明啓様が？」

翠玉は、手に持っていた扇子を取り落としていた。

今立っている地面が、ぐらぐらと揺らいでいるかのようだ。

（どうして？　石郎さんは、わかってくれたんじゃなかったの？――いえ、呪詛だとも限らないわ）

呪詛なのか。呪詛ではないのか。

すぐに調べねば――と考え、そこで思考は止まった。

黒装束に、黒い沓。今、自分がどこに向かおうとしていたかを思い出す。

(斉照殿に行って蚕糸を使ったら、趙家の娘さんに呪詛がかけられたかどうかがわからなくなってしまう……)

趙家は、曹家と共に入宮を画策している。倒れた娘が呪詛に侵されているか否か、早期に判断する必要があった。

明啓の体調不良の原因も、呪詛ではないと断言などできない。石郎は、すべての元凶は明啓にあるとまで言っていた。報復の可能性もある。急ぎ調べねばならない。

いったん、石郎との取引は忘れるべきだろう。

夫か。

趙家の娘か。

どちらのもとへ向かうべきなのか。

ぐるぐると、ふたつの選択肢が頭の中で回っている。

(わからない。私は、一体どうすれば……)

身体はひとつ。そして異能が使えるのは一日に一度きり。

答えを出す必要がある。今すぐに。

今、明啓のもとに向かえば、趙家の娘の危機は増す。

しかし趙家の邸に行けば、明啓の身が危険に晒される可能性がある。

(どうすれば――)

翠玉様、と名を呼ばれ、ハッと顔を上げる。

どのくらい、そうしていたのだろう。外からの音に、まったく気づけなかった。

「翠玉様。まずは斉照殿に参りましょう。趙家の邸へ行くのは、そのあとです」

目の前に、一穂がいる。

その表情には、有無を言わせぬ強さがあった。

「でも――」

「ご自身のお立場を、お忘れになってはなりません。貴女様は、皇帝陛下の唯一の妃嬪ではございませんか」

そうだ。翠玉は、明啓の妃だ。

夫が倒れたというのなら、駆けつけるのが筋だろう。

一穂に言われて目が覚めた。ごく当たり前の選択である。

促されるまま、月心殿の玄関に向かう。

空は、どんよりと重かった。

(そうよ。大丈夫。間違ってないわ。まず明啓様のご様子を見てから考えましょう)

一歩外に出れば、石畳の向こうに斉照殿が見えた。

瓦の山吹色も、曇天の下ではどこか鈍い。

（この後宮の敷地より、趙家の邸の方が確実に狭いわ。まずは趙家の娘さんが、呪詛に侵されているかどうかを調べて――いえ、昨日から兵士はいるんだもの、その様子を聞いてから――あぁ、どうして報せがひとつも入ってこないの？　夜でも構わず報せてと頼んであったのに！）

歩きながら必死に考えるものの、空回りの感は否めない。

ふわふわと足元が浮いているようでもあり、一歩一歩が地に沈むようでもある。

混乱を抱えつつ、やっと斉照殿にたどりつく。

だが、階段を上がる足は、途中で止まった。

「え――？」

突然、衛兵の深緑の長棒《ちょうぼう》が、翠玉の行く手を阻んだのだ。

「申し訳ございません。余人は一切入れぬよう、ご命令を受けております」

長棒を構えているのは、顔なじみの衛兵である。

「私でも――陛下の妃でも、入れぬと言うの？」

「はい。そのように言いつかっております。もしものことがあってはと……」

「もしものこと？」

「その……外城からの指示でございまして、あくまで念のためにと……」

衛兵の返事は、歯切れが悪い。

言葉を選んでいるところを見ると、指示を受けた時には、もっとあからさまな言葉が使われたのではないだろうか。

「はっきりと言って。私が、明啓様に呪詛をかけた、と疑っているの？」

衛兵は、下を向いて黙った。

長棒を構えたまま、お許しを、と小さな声で繰り返すばかりだ。

「翠玉様。これが陛下のご意思のはずがありません」

こそり、と一穂が翠玉に囁く。

翠玉もそう信じている。明啓が、翠玉を拒むはずがない。これは、別の誰かの意思に決まっている。

「せめて、明啓様のご様子を――いえ、清巴を呼んでちょうだい」

「清巴様は――」

衛兵が答えかけたところに、

「清巴は、中常侍の任を外れました」

と声が高い男の声がした。

奥から現れたのは宦官だ。はじめて見る顔だが、袍は深緑色だ。

「貴方は……どなた？」

「ご挨拶が遅れまして申し訳ございません。江貴妃。本日より中常侍の任に就きました子勾《しこう》と申します」

細面で、やや顎が長い宦官である。蛇のような目が、どこか不遜だ。

「いつそのような話になったの？　聞いていません。清巴は、今どこに？」

「昨夜から、新たな仕事に就いております。ご用件でしたら、私が承ります」

どうぞなんなりと、と子勾は会釈をしたが、なにひとつ聞き入れられはしないだろう、と予感させるものがある。

（気づかなかった。こんな後宮の内部にまで、曹廷尉の手は及んでいたのね！）

翠玉が、呪詛や八家の動きに気を取られているうちに、すっかり周りを取り囲まれていたらしい。

「子勾、明啓様に会わせて」

無駄だろう、とは思ったが、明啓の様子を確かめずに帰るわけにはいかない。

「はて。貴妃様には、ご予定がおありだったのではございませんか？　そちらは放って、立ち入り禁止の斉照殿にお入りになると？」

なんとも癇に障る言い方である。詩英の嫌みの方が、まだかわいげがあるというものだ。

「明啓様にお会いするのが先よ」

「では、呪詛に倒れた趙家の娘を、見殺しにされるのですね？」

血の気が、サッと引く。

この宦官は、曹廷尉の駒だ。明らかな敵意が、ひしひしと伝わってきた。

(この人……私を罠にはめる気だわ)

翠玉を趙家の邸に向かわせ、呪詛の疑いをかけるか。

それができないならば、娘を見殺しにした薄情者、とでも糾弾するつもりか。

「見殺しになどしないわ」

「陛下とのご面会を優先なさり、無辜《むこ》の娘の死を容認なさる。それが江貴妃の出したお答えなのでございましょう?」

翠玉は、言い返すのをやめた。

この宦官は、翠玉を怒らせ、勢いのままに行動させようとしている。なにか言えば揚げ足を取られ、責められる。詩英の説教と同じだ。

「そこを通してちょうだい」

「すでに、曹廷尉は御簾裁判の準備を進めておられます」

翠玉は、ぐっと唇を噛んだ。

御簾裁判をちらつかせたのは、翠玉を恐れさせるためだろう。汚い手だ。

「通して」

「お通しするのは、裁判の結果次第でございますな」

ここでにらみあいをしていても、得られるものはない。

翠玉は、窮した。

明啓の様子もわからず、趙家の娘の危険も増すばかりだ。

どちらも呪詛の可能性は、蚕糸を用いるまでは否定できない。

いったん趙家の邸を目指すべきだろうか。

そんなことを考えていた時——

「お報せいたします！」

桜色の袍の女官が、顔を真っ赤にして走ってきた。

「何事です？」

「たった今、趙将軍から報せがございました！——その……ご、ご息女が、亡くなられたと……」

ぐらり、と目眩がする。

よろめいた翠玉を、一穂が支えた。

その場に膝をつけば、空が見える。雲が重い。今にも押しつぶされそうなほどに。

「なんということだ！　急ぎ曹廷尉にお報せせよ！　御簾裁判になるぞ！」

甲高い宦官の声が、曇天にこだました。

第四話　御簾裁判

唇に、紅の筆が触れた。ひやりと冷たい。

鏡の中に、着飾った女がいる。どうにも、これが自分だとは思えなかった。

今でも江翠玉《こうすいぎょく》という人間の本体は、下馬路《げばろ》の占師であるような気がする。

翡翠色の豪奢な袍に、きらびやかな首飾り。複雑に結い上げられた髪には、ちりり
と揺れる金の髪飾りが挿《さ》されていた。

五穂《ごほ》が仕上げに、翡翠の耳飾りをつける。

「お仕度が整いました。――とても、お美しゅうございます」

一穂《いちほ》が言うのに、翠玉は笑顔で「ありがとう」と礼を伝えた。

こうして装うのも、最後かもしれない。そんな気持ちで、せめて美しく着飾りたい、
と侍女たちに頼んだのだ。

「ありがとう、ふたりとも。……貴女たち、これからどうするの？」

問いながら振り返れば、一穂と五穂は、涙ぐんでいるように見えた。

「これからなんておっしゃらないでくださいませ」

「そのとおりです。決してここで終わりになどさせません！」

曹《そう》廷尉の動きは早かった。

趙《ちょう》家の娘の死亡が伝えられたのが早朝で、昼には御簾裁判への出頭要請があったほ
どだ。それだけ、罠の準備は整っていたらしい。

「そうね。ここで終わりにはしたくないわ」

そう言いながら、声には諦めがにじんだ。

力は尽くしたつもりである。ただ、足りなかった。

（……疲れたわ、もう。なにも考えたくない）

冤罪で族誅という過酷な刑を課された一族の末裔が、罪と則を撤廃させたのちも、冤罪で裁かれるのは皮肉な話である。

しかし、趙家の娘の死、という大きな衝撃が、翠玉の気力を奪ってしまった。

どんな時にも失わなかった闘志が、今は湧かない。

「必ずや、陛下がお助けくださいます」

「このような事態を、陛下がお許しになるはずがありません！」

ふたりの言葉に、翠玉は小さく「そうね」とだけ答えた。

今、明啓《めいけい》は斉照殿《せいしょうでん》にいる。

身体を蝕むものが呪詛ならば、意識はないはずだ。

清巴《せいは》もその座を追われた今、どこからも助けは来ないだろう。

なにも、外城には曹廷尉以外に高官が存在しないわけではない。明啓の信頼する者とて大勢いる。だが、これだけ裁判を急いだのだ。行く手を阻む者の足止めくらいは済んでいるものと想像できる。

（御簾裁判は、高官たちの要請で行われるのだもの。出席しているのは、曹廷尉の息がかかった人たちだけだわ）

これから翠玉はたったひとりで、自分を廃位に追いこもうとする者たちと対峙せねばならない。

その向こうに、冷宮、西護院《せいごいん》、と道は繋がっている。

さらに先で待っているのは、死だ。

あるいは、途中で八家の人たちが助けてくれるだろうか。

コンコン、と扉が鳴った。

「江貴妃。御簾裁判がはじまります」

扉は開かないまま、声だけが聞こえる。

「今、参ります」

翠玉は、スッと立ち上がった。

深呼吸をひとつして、歩きだす。

月心殿《げっしんでん》を出たあとは、振り返ることなく、白い石畳の上を一歩一歩進んでいく。

昼に降った小雨が上がり、陽射しはやや強い。

山吹色の瓦は、輝くほど美しく見えた。

宦官の持つ淡い水色の日傘の、淡い影の下を進んでいく。

整然と並ぶ、九殿と六苑を横目に見ながら、この美しい世界が自分の住まいであったことが、一睡の夢のように思われた。

後宮と外城を繋ぐ南門は開かれ、そこに大きな御簾がかけられている。

御簾裁判、という名のとおりだ。

後宮側の赤い敷物の上に、小さな床几《しょうぎ》が置いてある。あれが翠玉の座る場所なのだろう。

(嫌なものね。これでは、口も閉ざしたくなるわ)

この門の向こうに、高官たちが手ぐすねを引いて待っているに違いない。

一方的に、翠玉を裁くための場だ。

「これでは、もう罪は決まったかのような扱いではありませんか！」

横にいた一穂が、怒りをこめて呟く。

「罪人なのよ、きっと。彼らの中では……」

彼らにとって翠玉は、廃位されて然るべき存在なのだ。

御簾の向こうの様子はよく見えないが、人の声は聞こえてくる。ひとりふたりという数ではなさそうだ。御簾裁判には十人の高官の訴えが必要だと聞いている。少なくとも、その程度の数はいるのだろう。

「あんまりです」

「本当に。……あんまりだわ」

どこで、なにを、どのように間違ったのか、翠玉にはわからない。

江家に伝わる異能を、いつでも正しく使ってきた。

正しさとは、陰のないことだ、と祖父が言っていたのを覚えている。

陽の当たるところを、堂々と歩けるように。

いついかなる時も、自身の知識と能力を律し、人のために用いねばならない。

教えは常に守ってきたつもりだ。

二年前、洪進《こうしん》にかけられた呪詛を暴いた時も。

昨日、曹家の娘の呪詛を暴いた時も。

今日、趙家の娘を助けようとした時も。

明啓が倒れたと聞き、順番を迷いはしたが、見捨てるつもりなどなかった。庭を調べるための兵士まで派遣している。

(間違っていないと思っていた。なににも恥じない選択をしてきたつもりだったのに……)

三家に生まれたのが罪だ――と思うしかないのだろうか。

そう納得して、ありもしない罪を裁かれ、罰を受けるべきなのか。

翠玉には、やはりわからなかった。

（それとも、私は解放者になるべきだったの？　腹に子を宿しているのに？）

翠玉が人の姿を失ったとしても、昨日の段階で手を打つべきだった——腹の子にながあろうとも——異能の代償を払ってでも——と人は言うのだろうか。

なんと恐ろしい圧力だろう。

悔いている。責任も感じている。だが、罪ではない。

この選択が許されないならば、翠玉は、人だと認められていないことになる。

三家は人ではない。人の命と、三家の命には差がある、と言われているのと同じだ。

もう、いっそ八家の人々と南に去るのが、正しい道のようにも思えてきた。

（明啓様……）

翠玉は、示された床几の前で、斉照殿の方を見た。

今、明啓はどうしているだろうか。

無事でいてほしい。

（どうか、呪詛ではありませんように……）

心で祈ってから、ゆったりと床几に腰を下ろす。

御簾の向こうの声が、聞こえなくなった。

床几に座ると、御簾が近づく。ひとりひとりの顔まではわからないが、二十人程度の人の姿は認識できた。

「御簾裁判を、はじめさせていただきます」

耳障りな声が聞こえ、御簾のこちら側に立ったのは、子勾《しこう》だ。

茶番のはじまりである。

いっそう翠玉の気持ちは重くなった。

「外城から十五名の皆様の訴えがあり、裁判を行う運びとなりました。では、曹廷尉。訴えを明らかになさってください」

ひとり、文官らしき男が立ち上がった。

曹廷尉だろう。

御簾に近づいてきたので、その男が紺の袍を着ているのがわかった。

「――今、江貴妃が身籠っておられるのが、異形の子ではないという保証はない」

どきっと心臓が跳ねる。

てっきり呪詛の罪を着せてくるものと思ったが、予想とはまったく違う初手だ。

ぞわりと背が寒くなる。

翠玉は、思わず腹に手を当てていた。

(なんで曹廷尉は、私が身籠ったと知っているの？)

まだ、翠玉は清巴にさえ懐妊の可能性を伝えていない。

月心殿にいる者たちでも、知っているのはごくわずかのはずだ。

翠玉は、横に立つ一穂の顔を見た。

一穂は「実は……昨夜から姿が見えません」と苦い顔で囁いた。

「それ、誰の話……？」

「詩英《しえい》さんです」

翠玉は、頭を抱えた。

道を歩いている最中に、石でも投げつけられたような気分だ。

詩英との間に、信頼関係があったとは言いにくい。彼女は翠玉に不満を持ち、翠玉も彼女を疎んじてはいた。だが、裏切られるとまでは思っていなかった。

心が痛い。

詩英は、異例づくめの貴妃を捨て、他の主を求めたのだろうか。

曹廷尉は続ける。

「皆様もご存じのとおり、三家の末裔は異形の血を宿している。陶家の末裔だという呉娘《ごじょう》様も異形であった。そのような者が後宮にいること自体が大きな問題である」

パチパチと御簾の向こうで拍手が起こる。

賛同した者の、意思表示のようだ。

（私だけでなく、私の子供まで排除する気なのね……）

静かな怒りが、翠玉の中で育っていく。

「しかし、再三の説得にもかかわらず、皇帝陛下は新たな妃嬪を迎えることを肯《がえん》じてはくださらなかった。──なぜならば、江貴妃が入宮する娘をことごとく殺そうとなさるからだ。それゆえ、私と、盟友たる趙将軍は、この国に異形ならぬ後継者をもたらすために犠牲を覚悟した。大事な娘を入宮させる計画を、江貴妃に知られぬよう、秘密裡に進めてきたのだ！」

また、パチパチと拍手が起きる。

（本当に、呆れるわ！　都合のいいように話を変えて……！）

ぐっと翠玉は、腿の上にあった拳を握りしめた。

大声で否定したい。違う！　と。

だが、今の翠玉がなにを言っても無駄だろう。

「ところが、異形の子を守らんがために、江貴妃は牙をむいた！　我が娘は呪詛に倒れ、今も苦しんでいる。趙将軍の娘御は、残念ながら、今朝この世を去った」

御簾の向こうで、静かなざわめきが起きる。

翠玉は怒りを鎮めるために、ふた呼吸の間だけ目を閉じた。

そして宥めるように、まだ平らな腹を優しく撫でる。

お気の毒に、と、御簾の向こうから女性の声がした。高官だけでなく、その妻女《さいじょ》も参加しているらしい。

そこに、女性の声が響く。

「私の娘は、殺されたのです！　あぁ明沙《めいさ》！　可哀そうな明沙！　江貴妃様は、私の、若くて美しい娘に嫉妬なさり、呪詛で殺したのです！」

内容と声から察して、趙将軍の妻だろう。おいおいと泣きながら訴えている。

演技という点では、廷尉夫人よりも達者であるように思われた。

「わ、私の娘も呪詛に倒れ、い、いまだ意識が戻りません！」

こちらは、曹廷尉の妻だ。相変わらず演技が下手で、声が震えている。聞いている方がヒヤヒヤするくらいだ。

さらに、どこから連れてきたのか、「江貴妃様が離宮へおいでになってから、姜《きょう》太妃様は難産の末、体調を崩されました」「皇帝陛下は、江貴妃様が離宮からお戻りになった途端にお倒れになられました」と女官らしき者が証言しだした。

切り札であったはずの呪いの文は、一穂の看破によって効力を失っている。

あちらも、素早く作戦を切り替えてきたようだ。

（なんて空しいの……）

日傘の下で、翠玉は目を閉じた。

まったくもって、茶番だ。

「粗いですね」

ぽつりと一穂が言うのに、翠玉はうなずいた。

「粗いわね。どう思う？　こういう筋書き」

「最悪ですね。筋が通ってませんもの。台詞もまた、ひどいものです」

翠玉は、一穂の評に小さく笑った。

そうしていると、少しだけ元気が出てくる。

にゃあ、と足元で鳴いた墨黒《すみくろ》を、翠玉は膝に乗せてやった。月心殿からついてきたようだ。──恐らくは、芭郎《ばろう》の意思で。

「私、筋のとおらない芝居は嫌いだわ」

「ええ、いただけませんね」

このまま、なにも喋らず冷宮行きを受け入れるべきかとも思った。

だが、それでは翠玉の守るべきものが守れないままになってしまう。

──立ち向かわねばならない。この茶番が、どれほど空しいものであろうとも。

「明啓様を助けたいの。こんな幕引きは御免よ」

「はい。私も御免です」

優しく墨黒を撫でる手が、熱くなってきた。

負けてたまるか。諦めるものか。──まだ、八家を頼るには早い。

やっと、この流れに抗う力が湧いてきた。

「愚考ながら、江貴妃の行いは許しがたく、冷宮へお送りする他ないものと存ずる」

曹廷尉が、この場の結論を出す。

そこに今日一番の拍手が起きた。賛成多数、といったところか。

まったく一方的だ。裁判の名が泣く。

（ひどいものね。後宮の女への侮辱だわ）

まともな裁判をする気がないのは、後宮側の席がひとつきりなところからもうかがえた。そちらが人を集めて証言をさせるなら、こちらにも同じだけの人数をそろえさせるべきだろう。

（こんなところで、負けるものですか。――この子のためにも）

今、この腹の子を守られるのは自分だけだ。

翠玉は、墨黒を抱えて立ち上がる。

子勾は「席にお戻りを」と鋭く咎めたが、聞き流した。

つかつかと、翠玉は御簾の前まで進んだ。

御簾の向こうにも、鮮やかな翡翠色の袍は見えたのだろう。今度は、演技ではないざわめきが起きた。

「皆様もご存じのとおり、私、江翠玉は、三家の末裔として生まれ、異能を授かっております。隠すつもりはありません。この異能を用いて、私は弟を養い、教育を与えました。上皇様を襲った呪詛を看破もしております。これは、私の誇りです」

翠玉は、まず堂々とそう伝えた。

しん、と辺りは静まり返っている。さらに翠玉は続けた。

「裁定者たる江家に、呪詛を行う力はございません。異能を持つ者が、無闇やたらと人を殺して回るとお思いでしたら、包丁を持つ料理人は、すべて殺人者になってしまいます」

「詭弁でございます！　料理人には、人を殺す理由がない！」

曹廷尉が、やや上ずった声で訴える。

「私にも、人を殺す理由などございません。この康《こう》国にいるすべての民は、陛下の御子。私にとっても同じこと。どうして我が子に刃をふるいましょう。私が異能を用いるとすれば、それは人を助けるためだけです」

この戦いに負けるかもしれない、と翠玉も半ば覚悟を決めている。

だが、ただで負けるつもりはない。

（死ぬ時は、喉元に食らいついてやるわ）

自分の獰猛《どうもう》さを、どこか遠くで恐ろしく思った。

身籠った女の、本能とでも言うべきものか。

制御のきかない感情だ。

「いや、それは違う。江貴妃は、保身のために姜太妃を呪詛なさり、入宮する娘を次々と手にかけたではございませんか！　私欲でなくてなんだとおっしゃるのか！」

「姜太妃様は二週もの早産で、それも初産でございました。楽に生まれる方が稀でございましょう。こちらには御子をお持ちの女性もおられるはず。子の産む時期など、どれほど不可思議な力をもってしても、制御は不可能だとご存じのことと思います」

弁舌で負けるつもりはない。後宮の女が、男の前でしおらしいと思うのは間違いだ。少なくとも、翠玉の知る周《しゅう》太后や姜太妃は、こうした時に口を噤みはしない。

むむ、と曹廷尉がうなる。

「わ、我が娘と、趙将軍の娘御を呪詛なさったのは、女の嫉妬ゆえ。憎んでいたはずだ！　お認めになられよ！」

「繰り返しますが、私は呪詛を行う力を持ちません。わかるのは、身を蝕むものが呪詛か否かの判定と、呪詛の蟲がいずれにあるかだけ。曹家の娘御を助けたい一心で昨日はお邸までうかがいました。嫉妬ゆえに憎むのであれば、そのまま見殺しにしていたでしょう」

「違う！　呪い殺すために決まっております！」

ふぅ、と翠玉はため息をついた。

曹廷尉の理屈は、穴だらけだ。穴の多さは、侮りの多さである。

「では、直接お訪ねした曹家の娘御は亡くなっておらぬのに、まったくお訪ねしていない趙家の娘御が亡くなった件の説明がつきません」

どん、と足を踏み鳴らしたのは、曹廷尉だ。

逆らうはずのない者が逆らうと、人は逆上するものである。

「し、しかし実際に――」

「お疑いなら、亡くなられた趙将軍の娘御の棺を、ここまでお運びください。体温の残るうちは、呪詛の残滓《ざんし》が身体にございます。呪詛か否か、私の持つ異能で確かめましょう」

そこで「ひどい！」と趙家の将軍夫人が嘆きの声をあげた。地に伏して「あんまりです！　躯まで辱めようというのですか！」と泣いている。

その横にいた背の高い男が「娘の棺は、もう寺院に運んでございます」と言った。背が高いだけでなく、体格がいい。身動きすると鎧のぶつかる音がしたので、この男が趙将軍のようだ。

「不幸な呪詛による死ならば、丁寧に葬儀を行うのが筋でございましょうに」

翠玉が趙将軍に向かって言うと、将軍の代わりに、将軍夫人が「恐ろしかったからです！」と叫んだ。

やはり、理屈が通らない。不吉な死こそ、厚く儀式を行うべきだ。

曹廷尉は、
「江貴妃。罪をお認めになられよ！　異形の子と共に後宮を去られるがいい！」
と強引にも結論を出した。
茶番は続行され、パチパチと拍手が起きる。
――ガァ。
鴉《からす》の声が、やけに大きく聞こえた。
ガァ、ガァ、と波のように押し寄せる鴉の声が、御簾の向こうに広がる。
そして、視界に黒い塊があふれた。
（え――？）
あちこちで悲鳴があがる。
（これは……なんなの？　もしかして、芭郎さんが？）
まるで、絵画のようだ。
鴉が騒ぎ、人々が逃げ惑う。
衛兵たちも、槍で鴉を払うのに必死だ。
「これ、あ、貴方の仕業なの？」
思わず、腕の中にいる墨黒に聞いたが、当然返事はない。
ガァ、ガァ、と鴉の声が響き――

呆気《あっけ》に取られている間に、鴉の波は去っていた。

あっという間のことだった。

そうして――

「な、何者だ？」

「いつの間に――」

衛兵の戸惑う声が聞こえた。

翠玉は、御簾に顔を近づけ、向こう側をじっと見る。

衛兵が何者か、と誰何《すいか》しているのは、突然、そこに現れた色彩に対してだった。

それまで、紺の濃淡、黒、茶、灰、といった色だけが広がっていたところに、鮮やかな桃色と茜《あかね》色とが現れたのだ。

いっそう顔を近づければ、そこにふたりの娘の姿が見える。

背の高い、若い娘だ。

それまでその場にいなかったはずの娘たちが、突如として現れた。

「……誰？」

翠玉が囁くと、同じように御簾に顔をつけていた一穂が、

「まったくわかりません。どこから湧いてきたんでしょう？」

と囁き声で返す。

「父上！　母上！」

曹廷尉夫妻のもとに駆け寄ったのは、突如現れた謎の娘のひとりで、茜色の方だ。

（……あれは、あの呪詛で倒れていた照葉《しょうよう》さん？　そうだわ。間違いない）

翠玉は、御簾の間を少しだけ開けて確認した。

そこにいるのは、曹家の邸の寝室で眠っていた娘である。

意識もあり、会話もできている。顔色も悪くはない。

（よかった！　呪詛から解放されたんだわ！）

芭郎が呪詛を解除してくれたのか、石郎《せきろう》が呪詛を取り消したのか。どちらにせよ、邸からこれだけ離れて生きているのであれば、もう呪詛の心配はない。

「父上……あの……これは……その……」

口ごもっている桃色の袍の娘が近づいたのは、あの背の高い武人のいる方だ。将軍夫人が「明沙、どうして……」と呟いたのが聞こえた。

（こちらの娘さんは、趙将軍の娘さんということね。……え？　趙将軍の娘さん？）

思わず、翠玉は一穂の方を見た。

趙家の娘は、もう棺に入って、寺に安置されているはずだ。

「一穂、これ、どういうこと？　趙家に派遣した兵士が、呪詛の蟲を掘り起こしたの？　それとも――」

「最初から仮病だったのでしょう。死んだと騒ぎ立てたのも、狂言だったのではありませんか？」

一穂は「バカバカしい！」と御簾の向こうに悪態をついた。

――翠玉が救うために手を尽くした曹家の娘は、回復している。

――死んだはずの趙家の娘は、生きてここにいる。

これで翠玉へ着せる罪は、すべて消えたことになる。

（芭郎さんが、助け船を出してくれたんだわ！）

翠玉は確信する。鴉の出現といい、娘たちの移動といい、こんな離れ業は彼らにしかできない。

「おふたりとも、ご無事でなによりです。それで――どなたが、誰から呪詛を受けて倒れられたのでしたか？」

翠玉が問うたが、曹廷尉から明確な答えは返ってこなかった。

水を打ったように、辺りは静かになる。

しかし、これで話は終わらなかった。

「私は下郎に汚されかけたのです！　江貴妃の命だと、下郎が言っておりました！」

そこに響いたのは、若い娘の――茜色の袍の、曹家の娘の声だった。

翠玉は、ぎょっとする。

「そ、そうです！　江貴妃が、我が身を汚そうと、人を雇ったのです！」

桃色の袍の、趙家の娘が続く。

あまりに唐突で、荒唐無稽な話である。

とにかく、今すぐ翠玉を廃したい。なんとしても、廃さずには終われない。その一心であるらしい。必死だ。

「姫君」

すぐ耳元で、声が聞こえた。

一穂がいるのとは、逆の方から。――聞き覚えのある声だ。

「石――」

「時間切れだ。つきあいきれない」

パッとそちらを見た――が、そこには誰もいない。

かすかな風が、髪を揺らすばかりだ。

(石郎さん？　今、時間切れって……まさか……)

う、とくぐもった声が、御簾の向こうから聞こえた。

(……なに？　どうしたの？)

苦し気にうめく声が聞こえ、翠玉は御簾にぎりぎりまで近づく。

御簾の間から、曹廷尉が膝をつき、胸を押さえているのが見えた。

「だ、旦那様？――あ……」

横にいた廷尉夫人まで、胸を押さえだす。

（こんな場で、また茶番でもする気？）

とっさに、翠玉は夫妻の行動を演技だと思った――が、それは一瞬だった。

石郎の言葉が、サッと頭をよぎる。

（血の報復……なの？）

すぐに、大きなうめき声が、別の場所から聞こえる。

鎧のぶつかる音がした。よろめいた大きな男は、趙将軍だ。

その横で、将軍夫人も鵞鳥《がちょう》のような声を出して、倒れこむ。

御簾裁判を主導していた、曹廷尉。呪いの文を書いた廷尉夫人。

曹廷尉に同調した、趙将軍に、その夫人。

四人全員が、まとめて悶絶し、倒れた。

「父上！　母上！」

「だ、誰か助けて！」

鮮やかな色の袍の娘たちが、それぞれ両親に駆け寄る。

倒れた四人は、見たところ壮年だ。老いてもいないが、若くもない。健康そうではあるが、若い娘とは体力が違うだろう。

四人は石畳の上に倒れ、動かない。意識を失ったようだ。

（血の報復だわ。……いけない。これでは、すぐに息絶えてしまう！）

その場は騒然としている。担架を！　運べ！　と兵士の声も聞こえてくる。

「……一穂。あの四人を……いえ、ひとりでいいわ。門のところまで連れてきて」

「翠玉様！　今、皇帝陛下がご不調なのはご存じでございましょう？　一日に一度しかできぬ占いを今使ってしまっては、皇帝陛下の不調の原因がわからなくなってしまいます！」

一穂は、翠玉の提案を、強い語調で止めた。

斉照殿にいる明啓の状態は、まだ把握できていない。蚕糸を用いる必要がある。

しかし、明啓のために異能を温存すれば、目の前の四人は死ぬ。

「江貴妃に申し上げます！　我らが間違っておりました！　どうか、広いお心をもってお許しくださませ！　父と母を、どうかお助けください！」

翠玉が考えあぐねている最中、御簾の向こうで若い女の声が響いた。

（……なに？　私がこの呪詛の主だと言っているの？）

内容が呑みこめず、翠玉は御簾に顔を近づける。

曹家の娘と、趙家の娘は、こちらに向かって膝をつき、手をあわせていた。

おいおいと泣きながら、趙家の娘は「お許しを！」と繰り返し、額を地につける。

(なんて執念なの！　なにがなんでも、私を引きずり下ろす気ね！)

　このふたりは、両親の危機を踏み台にしてまで、翠玉を廃したいようだ。

　横にいる一穂が「なんて嫌な女でしょう！」と囁き声で憤っている。

「私の両親を、お助けください！」

「どうか、殺さないでくださいませ！」

　娘ふたりがそろって訴えると、裁判に列席する人たちまで、同じように膝をつきだした。お許しを、ご寛恕《かんじょ》くださいませ、と懇願する。

　――最悪の事態だ。

　翠玉の身体から、血の気が引いていく。

(この勢いには……勝てない)

　穴だらけの父親の理屈より、情に訴える娘たちの勢いの方が、よほど恐ろしい。

　芭郎の助け船で企みは暴けたものと思ったが、思いの他、娘たちの戦力は強大であった。その上、石郎の血の報復が重なった。

　翠玉は、腹部を押さえる。掌ひとつで腹の子が守れるはずもないが、そうせずにはいられない。

(このまま、この子を守れないまま終わりたくない)

　倒れた曹夫妻と、趙夫妻。涙ながらに懇願する娘たち。そして跪く人々。

絶体絶命の窮地である。

（父上――どうか、私と、私の子をお守りください）

いっそ、声をあげて泣きだしたい。

三家の末裔に生まれた。

それだけだ。

だが、ここで祈ったところで、誰も助けてはくれない。ここは御簾裁判の場。孤立無援は最初からわかっていた。

（今の私にできることは、ひとつだけだわ）

翠玉は、すぅ、と大きく息を吸いこむ。

そして、キッと御簾の向こうを見すえた。

「繰り返しますが、私は、呪詛を行う力を持ちません。呪詛か否かを判別できるだけです。皆さんのすべきことは、私の怒りを解くことではありません。力を貸してください。――彼らを助けたいのです」

異能をもって、彼らを助ける。それしか道はない。

「な、なにをおっしゃるのです。これは、貴女様の呪詛で――」

子勾が、甲高い声で叫んだ。すっかり存在を忘れていたが、裁判の進行をしていたのは、この宦官だった。

「こんな立派な門があって、ご丁寧に御簾まで下ろしているのに、呪詛など通るわけがないでしょう！」

「し、しかし――」

埒があかない。

翠玉は、子勾を無視し、御簾の向こうへ話し続けた。

「まず、ひとつ！　二組の夫妻を、ここから絶対に動かさないでください。呪詛だった場合、移動は命を縮めます。ふたつ！　どちらかの夫人を、御簾の近くまで運んでください。呪詛か否かを調べます。三つ！　呪詛であった場合、この広大な外城から呪詛の蟲を捜し出す必要が出てきます。兵士を集めてください」

だが、娘たちは、お許しを！　と繰り返すばかりだ。

娘たちが大きな声を出すせいで、

「いい加減にして！」

こちらの声も、つい大きくなった。

「ひっ！」

「お、お許しを！」

娘たちが大袈裟な悲鳴をあげ、いっそう頭を低くする。

「そこに倒れているのは、貴女たちの、父親で、母親でしょう？　助けたいとは思わないのですか？　私は助けたいです。私には、三家の者としての誇りがあります。異能は人を助けるために使い、出し惜しみはしない。罪と則を背負い、どれだけ貧困に喘《あえ》ごうと、決して失わずに伝え続けてきた矜持《きょうじ》です！　たとえ貴女がたが見殺しにしようとしたとしても、私は手を尽くします。邪魔をしないで！」

騒がしかった御簾の向こうが、一瞬、静かになる。

動きもない。――しかし、衛兵たちには伝わったようだ。一度動きだせば、あとは迅速で、廷尉夫人が御簾の近くに運ばれた。

「いけません！」

蚕糸を手に取る翠玉を、一穂がもう一度強く止める。

「お願いよ、一穂。止めないで。どちらも助けるわ」

翠玉は、皇帝の命と、曹廷尉たちの命を秤にかけたのではない。

自分が人の姿を失うことと、皇帝の命を秤にかけた。そして、選んだのだ。

「覚悟の上とおっしゃるのですか？」

「他に道がないのよ」

「……大事なお身体です」

一穂は、小さく囁いた。

（そうだ。子供が……）

大事な身体。今、この身体には命が宿っている。なによりも大切な、かけがえのない、愛する夫との子供が。

翠玉の心は、その一言で大きく揺さぶられた。

（子供がお腹にいる時に、異能を解放させたら……子供も影響を受ける……かもしれない）

異能を解放してでも、明啓を助けたい──と思った。

だが、子への影響まで考えぬいて出した結論ではない。

「でも──」

揺らぎ、そして弱くなった。

「翠玉様。もっと真面目に考えてくださいませ。そんな極端な選択、バカげていますわ。芝居ではないのですから」

芝居ではない。

その、他でもなく一穂の口から出た言葉に、覚悟は挫かれた。

「極端……そうね、極端だわ」

「えぇ、極端です。だから芝居の中の人たちは、すぐ死ぬんです。ここは柔軟にいきましょう。代案はございます？」

翠玉は、目をぱちくりとさせた。

断崖絶壁。細い棒の上を進まねばならぬ——と思いつめていた翠玉は、ここでやっと周囲を見渡す余裕を得た。

そうだ。道は他にもある。自暴自棄になるにはまだ早い。

「え……じゃあ……外城と内城では、捜す面積がまったく違うから、この場でいったん蚕糸と賽を使って、外城を先に調べる。……後宮内は、庭という庭を隈《くま》なく捜索する。……それでどう？」

「いいでしょう。認めます」

どこの世界に、主に許可を出す侍女がいるのか、と少しは思ったが、黙っていることにした。一穂の機転がなければ、この活路は見えなかった。

御簾の前に膝をつき、そっと墨黒を下ろす。

「ありがとう。あとは、自分でなんとかするわ」

墨黒に向かって囁けば、墨黒は、にゃあ、と愛らしい声を出してトコトコとどこかへ行ってしまった。

翠玉は御簾の下から手を伸ばし、廷尉夫人の指に、手早く蚕糸を巻いた。

うめく声が、御簾越しに聞こえてきた。触れた手は、ひどく熱い。

（急がなくては……いえ、だからこそ失敗はできない。落ち着かないと……）

深い呼吸を数度繰り返し、気持ちを落ち着かせる。

そして、糸の端をぎゅっと握った途端——強い衝撃が手に響いた。

糸は融け、ぽたりと落ちる。

「呪詛よ！ ……場所を確定しなくては。——この呪詛の蟲はいずれに？」

翠玉は、懐から賽を取り出して振る。

黒が【一】。青が【三】。赤が【五】。白が【二】。

ころりと賽が、蟲の位置を示した。

「東に八十歩！ 南に六百四十歩！」

翠玉が叫ぶと、一穂が「衛兵！ ついてきて！」と言いながら、御簾の向こうへと走っていく。

足が速い。一穂は、あっという間に小さくなった。

一穂に続いて、兵士たちも走りだす。

裁判に列席した人たちは、呆然として、膝をついたままだ。

（どうか、間にあって……！）

翠玉は、熱い廷尉夫人の手を離した。

後宮の中から、彼らに対してできることはもうない。

次は、明啓だ。

呆然としている子勾に、翠玉は声をかけた。

「子勾。こんなことになったのですもの、御簾裁判は日を改めましょう。今は陛下のご体調を優先したいの。人を集めて。曹家と趙家に送った兵士も、とうに戻ってきているはずよ。どこかで足止めされているんだわ。急いで呼び戻して。庭という庭を捜さないと……清巴も呼び戻してちょうだい。彼は蟲の扱いを知っているから」

子勾は、返事さえしなかった。

計画があっさりと崩れた現実が、受け入れられないのだろうか。

（困ったわ。早く明啓様のところへ行きたいのに……）

翠玉は、ため息をつく。当たり前だが、中常侍は、野心だけで務まる仕事ではない。

この調子では、すべての業務が滞ってしまう。

「なにをしてるのよ！　さっさと化物を冷宮に入れてよ！」

御簾の向こうで叫んだのは、曹家の娘だ。

確かめるまでもなく、化物、というのは翠玉を指しているのだろう。

「この呪詛は、その女のせいよ！　私の両親を殺そうとしているのはその女なの！　自分でかけて、解くふりをしてるんだわ！　皆、騙されてる！　陛下だって、その女に騙されて――」

「そこの娘。もう一度言ってくれ」

ふいに背の方から聞こえた声に、翠玉は跳び上がるほど驚いた。

ゆっくりと、振り返る。

「め、明啓様……」

少し離れたところに、輿がある。

たしかに明啓だった。

深緑色の袍の宦官の手を借り、近づいてくる。

冕冠に、龍の袍。正しく皇帝の装束を着た人が。

その様子に、翠玉は息を呑む。

顔色が悪い。呼吸も荒いようだ。

(やはり、体調がお悪いのだわ……)

清巴が「皇帝陛下のおなりです！」と声を張った。別の部署から、無事に戻ったようだ。

ざっと波のような音がしたので、御簾の向こうにいた者が、頭を下げたのだろう。

翠玉は、明啓の様子を観察するのに忙しく、動作がやや遅れてしまった。

一度立ち上がり、改めてかがもうとしたところを、抱きしめられる。

「……翠玉、すまなかった。まさか、無断で御簾裁判が行われていようとは……」

ぎゅっと腕に力がこもった。

身体の熱が、厚い袍越しに伝わってきた。

「今動かれては危険です……！　呪詛は……呪詛というものは……」

「呪詛ではない。案ずるな」

　顔を上げ、翠玉は必死に首を横に振った。

　石郎の呪詛がどれほど恐ろしいものか、明啓も西護院で目の当たりにしている。知っているはずだ。

「いいえ！　この呪詛は強いのです。糸で確認するまでは安心は……あぁ、お許しください。私、もう蚕糸を使ってしまいました」

　翠玉の目に、涙がたまる。

　誰よりも大切な人を助ける力が、今はない。

「わかっている。貴女を陥れようとした人たちを、救おうとしたのだな？　報告は逐《ちく》一《いち》届いていた」

　明啓の声が弱い。

　しかし、呪詛ならば意識を失うはずで、様子が違うのは明らかだ。

（呪詛ではないの？　あぁ、今、蚕糸が使えれば答えが出るのに！）

　もどかしさで、どうにかなってしまいそうだ。

　顔がくしゃりと歪む。その拍子に、涙がぽろりとこぼれた。

「はい。お許しを。私は——江家の人間です。異能は、人を助けるために用い、惜しんではならぬと父に教わりました。どうしても……逆らえませんでした」

その涙を、そっと明啓の指が拭う。

「いや、それでいい。言ったはずだ。貴女の選択を尊重する、と。どうか自分を責めないでくれ。——本当に、呪詛ではないのだ。見てくれ。この護符を」

「護符……？」

「李花《りか》に頼んだ。西護院で貴女の話を聞いて、なにか助けになるのではないかと思ってな」

明啓の懐から出てきたのは、一枚の護符である。見覚えがあった。

守護者の末裔である、李花が扱う護符だ。

呪詛がそこに存在していれば、護符は変化を示す。欠けるはずだ。二年前、翠玉はその変化をこの目で見ている。

この護符は、欠けることなく明啓の手の中にある。

意味するところを、翠玉はすぐに理解した。

「呪詛では……ないのですね？」

外城と後宮を隔てる門に阻まれ、曹廷尉らの呪詛は後宮内に影響を与えない。

この護符が無傷なのは、後宮内部には呪詛が存在しない、という証だ。

「あぁ、そうだ。たしかに熱はあるが、呪詛ではない。このとおり、意識を失ってもいない。貴女には連絡をさせたはずだが……」

翠玉は、ぶんぶんと首を横に振った。

昨夜、待てども待てども、明啓からの連絡はなかった。

「いいえ。夜更けまで待っておりましたが……なにも」

「そうか。それは……本当にすまないことをした。斉照殿も、騒ぎの最中でな。夜に急な来客があり、その後に俺が熱を出して、先ほどまで休んでいた。――まさか、ここまでの騒ぎになっていようとは。助けが遅くなった。……つらい思いをさせたな」

情報を遮断したのは、清巴を追い払った子勾だろうか、と翠玉は推測した。

曹家の邸や、趙家の邸からの連絡が途絶えたままになっているのも、きっと彼らの作戦の一部に違いない。

「いいえ。ご無事ならばそれで……それだけで十分です。……よかった」

そうとわかると、身体の力が抜けた。安堵の吐息が漏れる。

感冒とて、こじらせれば命にかかわるが、あの呪詛のように絶命の危機が間近というわけではないのだ。それだけでも安堵に値する。

「もう案ずることはない。ここで待っていてくれ。あとは夫の仕事だ」

明啓は、そっと翠玉を助け起こした。

宦官が運んできた床几に、翠玉は腰を下ろす。

立ったままでいる明啓の顔は、ずいぶん高い場所にある。首が痛くなるほど見上げねばならなかった。

「どうか、ご無理をなさらず」

「妻を守ってこその夫だろう。これ以上、貴女への狼藉《ろうぜき》は許さない」

「明啓様……」

「よく戦ってくれた。いつでも貴女は、正しく俺を導いてくれる。……ありがとう」

ここまで翠玉は必死に戦った。援軍を待ちながら、籠城していたようなものだ。

健闘を称える明啓の言葉が、なにより嬉しい。

「私は……あとをお任せしても、よろしいのでしょうか？」

翠玉は、ためらいながら問うた。

ここで翠玉がすべてを夫に委ねても、人の謗りを受けないだろうか。皇帝は愛ゆえに理性を失った、と嘲笑《わら》われるのが怖い。

明啓も、過《あやま》たずにその質問の意図を汲んでくれた。

「これで俺が寵姫に惑わされた暗君に見えるならば、それで構わない。恐れるものか。この裁判の、どこに正義があるというのだ。傍観するなど、俺にはできない」

明啓は御簾の横から身体をすべらせ、後宮から出ていった。

外城は、男たちの戦場だ。

翠玉の出番はない。

あとはもう、戦う夫の背を見守るばかりである。

淡い水色の日傘の下で、翠玉は御簾の向こうを見つめていた。

「さて。皆、座ってくれ。話がしたい。——曹廷尉。そなたらもだ。座ってくれ」

は、と短い返事があった。

(あ……廷尉は意識を取り戻したの？——もう一穂が蟲を見つけてくれたのかしら)

しかし、いかに一穂の足が速くとも、さすがに回復が早すぎる。

だが、呪詛の危機を脱したならば、なんにせよ喜ばしい話であった。

「そこの娘。直答を許す。繰り返しになるが、先ほどの言葉をもう一度頼む」

「お、お許しください！」

「いや、無理だ。どこの世に、己の妻を化物と罵《ののし》られて許す夫がいるだろうか。俺は、この非礼を決して許さない。たとえ後宮が無人になろうと、貴女を入宮させることはないだろう」

きっぱりと明啓は、曹家の娘への拒絶を口にした。

娘が受けた衝撃は大きかったのだろう。静かなすすり泣きが聞こえてくる。

「曹廷尉」

「……は」

鈍い返事があった。

曹家の娘は、呪詛から脱した。

趙家の娘は、そもそも仮病であった。

首謀者を含む二組の夫婦は、呪詛から解放されている。

明啓の体調も、呪詛を原因としたものではない。

――翠玉が異能を用いるべき事態は、消え去ったのだ。

(石郎さんが、言を翻《ひるがえ》したわけじゃなかったのね。八家の人たちは、約束を守ってくれていたんだわ!)

翠玉に迫った危機は、去ったのだ。

あとは、日常に戻るために必要なことを、ひとつひとつ重ねていくだけである。

最初の一歩は、御簾裁判の終了だろう。茶番とはいえ、幕を下ろすまで芝居は続いてしまう。

明啓は、曹廷尉に静かな声で告げる。

「今、そなたに命があるのは、罪を許されたからではない。罪を償うためだ。事を明らかにすれば、妻や娘の命ばかりは助けてやろう。西護院にでも入れるのが相応しいな。どう思う? 西護院は、よい尼寺だ」

「な、なにとぞ、娘だけは……! 娘の命ばかりはお助けを!」

「命まで取るとは言わぬ。食べ物に不自由もしないだろう」

この明啓の言葉を、翠玉は不思議に思った。

（どうして、明啓様が西護院でのことをご存じなの？——呉娘さんの件も、知っているみたい……どうして？）

今の会話から推測するに、明啓は、呉娘が受けた虐待を知っている。

翠玉以外の誰かが、明啓の耳に入れたのだろうか。

（もしかして……芭郎さんは、明啓様とも話をしたの……？）

裁判の最中にやってきた鴉の群れといい、突然現れた娘たちといい、八家は翠玉の知らぬところで動いている。——彼らから、明啓は話を聞いたのかもしれない。

（異形のことも……明啓様は知ったのかしら……）

芭郎から話を聞いていたとしたら——明啓は、恐れなかっただろうか。

翠玉の不安をよそに、御簾の向こうでは会話が続いている。

「お許しを！　すべて赤心《せきしん》から出たことでございます！」

皇帝に対する忠誠を、赤心、と呼ぶ。

すべては、国と皇帝のためだった、と曹廷尉は訴えているのだ。

「上皇様の定めた罰を歪めたことが、赤心と呼べるのか？　呉娘を餓死させせんとしたそなたの企みを、許すわけにはいかぬ」

「照葉は、私のただひとりの娘でございます！　幼い頃から、利発で……」

「誰ぞの娘であるから、人の命が尊いわけではない。父と母を亡くした者や、後ろ盾のない者ならば、好きに殺してもいいなどとは思わぬことだ。誰であろうと、皇帝たる俺の子だ。愚行の動機を赤心とするとは、無恥《むち》にもほどがある」

曹廷尉は返事らしき音を発し、それきり黙った。

「趙将軍」

「……は」

明啓の呼びかけに趙将軍は返事をした。

こちらも声には弱さこそあるものの、意識はしっかりしている。

「事をすべて明らかにせよ。とりわけ、娘御を使った狂言は罪が重いぞ。許しがたい。父の代からよく仕えてくれたそなたを失うのは、痛恨だ。近く、南の国境の守りを任せたいと思っていただけに、惜しいと思う」

「まことにもって、一言もございません」

弁解もせず、趙将軍は武人らしく自身の過ちを認めた。

明啓は、集まった人々に向って、ゆっくりと語りかける。

「江翠玉は、私の妻だ。生涯、彼女以外の妻を迎えるつもりはない。――愚《おろ》かと罵るならばそれでいい。……だが、皆が恐れるものはなんだ？　教えてくれ。江家が怖いのか？　江家の者は、出世や富貴など望んでいない。登用にあたっても正しく試験を受け、倹《つま》しく暮らしている。江貴妃が、表の政治に口出しをしたこともない。彼女は、下馬路《げばろ》の人々に清潔な住居を与え、食事を施した。女たちが働く間、子を安全に預かる宿舎を作り、病人には薬を与えた。わずか一年で、下馬路は下馬せずとも済む道に変わろうとしている。立派な行いではないか。なにをもって貴方たちは、私の妻を糾弾する理由としたのだろう。教えてくれ。俺にはどうしてもわからないのだ」

まだ、諦めていなかったらしい。曹廷尉が「恐れながら……」と頭を下げたまま口を開く。

「……三家は、異形の血を宿しております。もし異形のお子が生まれれば、なんとなさいますか」

「天命を受ける者は、天の定めるところ。臣たる者が口をはさむものではない」

明啓の言葉に、今度こそ曹廷尉は黙った。

御簾裁判を主導していた彼が黙った以上、もう口を開く者はない。

「あまりに粗い陰謀だ。私の治世の汚点となるだろう」

明啓は、少しの沈黙のあとそう呟いた。

その一言は、重かったらしい。不遜さを隠さなかった曹廷尉から、小さく嗚咽が漏れていた。

その直後、バタバタと南側から足音が聞こえてくる。

「陛下！」

翠玉が腰を浮かせて御簾に近づけば、手を振って近づいてきた一団は衛兵で、先頭には一穂がいる。

「蟲は見つかったのだな？　こちらは、もう回復している」

「はい。賽で出たとおり、書庫の横の中庭で蟲を発見したのですが……突然、鼠が現れて、蟲を──箱を運んでいってしまいました。なにがなにやら……」

一穂の報告に、ははは、と明啓は笑った。

「なるほど。天錦城《てんきんじょう》は呪いをもって蝕むに値する罪を犯していない、と天が認めたのだな。めでたいではないか！」

この一言に、わぁっと拍手が起きた。翠玉の冷宮送りに賛成していた人々が、同じ手で明啓を支持する様は、滑稽《こっけい》でさえある。

「さて──はじめてもよろしいですか？　陛下」

「そうだな。一穂。──いや、常月亮《じょうげつりょう》。あとは任せた」

「はい。申し遅れました。私、江貴妃の侍女を務めつつ、外城で活動を行う諜報官の長、常月亮でございます。諜報官長の権限において、この御簾裁判に招かれた経緯なども、皆様からじっくりとおうかがいしたく思っております。全員！　そこを動かずに！　呪詛は去りましたが、私欲をもって後宮の人事を操ろうとした奸臣《かんしん》はいまだ健在。すべてを明らかにするまで、この場から去ることは許しません！」

突然の宣言に、図々しい拍手をしていた者たちは固まった。

（常月亮？　常氏といえば……もしかして……）

ここで、やっと翠玉は一穂という仮の名を持つ侍女の正体に、当たりをつけた。

明啓の母親は、常氏である。

すでに世を去った、先帝の皇后。双子の母親だ。

御簾の向こうからも「まさか、常太后様の……」と囁く声が聞こえてくる。

「我が従妹殿はとても優秀だ。道理のとおらぬ芝居には容赦《ようしゃ》がないぞ」

明啓が、言葉を添える。

（従妹！　どうりで自由なはずだわ！）

自由な上に、芝居を楽しみ、贔屓《ひいき》の役者を援助する財力もある。不思議に思っていたが、すべては高貴な姫君ならではの気ままさであったらしい。

いつの間にか五穂も「さ、こちらに並んで！」と一穂の手助けをしている。彼女も一穂の従妹だというからには、明啓とも親類なのだろう。

ここは、彼女たちに任せるのがよさそうだ。

「短い天下だったな、子勾。さ、お前も取り調べを受けろ」

清巴が、放心状態になっている子勾を促す。まったくもってあっけない。露と消えた下克上であった。

最後に、子勾はやっと正気に戻り、

「いつまでも、後宮を好きにできると思うなよ。お前など、陛下がいなければ無力ではないか！」

と捨て台詞を吐いた。清巴は苦笑だけを返し、それきり子勾の方を見もしなかった。

曹廷尉が抱きこんだ宦官は、彼ひとりではない。詩英も、その列に連なっていた。これからの調査では、内通者の存在も明らかになっていくことだろう。

伝令や兵士も、続々とやってきて報告をする。昨夜から外城の西門で足止めをされていた、と声だけが届く。

（やっと、終わったのね……）

呪いの文からはじまった陰謀の闇は、ついに祓われたのだ。

清巴が、翠玉に向かって頭を下げる。

「江貴妃。お見事でございました。あとはこちらにお任せを」

「戻れてよかった。案じていたわ」

「野心だけ肥えた青二才などになにができましょう。子勾以外の宦官は、すべて私の傘下におりますから」

余裕のある清巴の態度に、翠玉は感動を覚える。

「……見習わなくてはいけないわね」

「もう十分に、江貴妃は後宮を治めておいでですよ」

清巴のお世辞に、翠玉は小さく笑った。

まだまだ、これからだ。

この後宮の主として、翠玉が励まねばならないことは多くある。

美しい、後宮の建物たちがそこに広がっていた。

整然と広がる白い石畳。山吹色の瓦。

ここが、翠玉の住まう場所だ。

御簾の向こうから、明啓が戻ってくる。

「明啓様……！」

「待たせたな。さぁ、戻ろう」

「……はい」

大きな手が、翠玉に差し出される。

笑顔でその手を取り、翠玉は夫と共に斉照殿へと戻ったのだった。

——まだ、熱い。

呪詛ではないだけあって、明啓の熱は、蟲が消えても下がっていない。

牀に入ると、明啓はひどく重いため息をついた。

わずらわしい冕冠も、重い袍もすでに脱いでいる。

「ご無理をなさって！　さ、どうぞゆっくり休んでくださいませ」

「貴女も休むといい。疲れただろう」

牀に招かれたが、翠玉は椅子から牀に腰の位置を移すにとどめた。

「……もう、へとへとです」

「悪かった。つらい思いをさせたな」

「謝らないでくださいませ。冷宮に行かずに済みましたから、無傷も同然です」

手で額に触れると、やはり熱い。

その手が、明啓の手に包まれた。

「いや、謝らせてくれ。貴女の心に傷を負わせてしまった」

手に力がこもる。翠玉は、明啓の手に、もうひとつの自分の手を重ねた。

「それにしても……驚きました。一穂が、明啓様の従妹だったなんて。五穂も……ですよね？」

「あぁ。ふたりとも、俺の母親の、弟妹《ていまい》の娘たちだ」

「まったく存じませんでした……」

「これからも、変わらずつきあいを続けてもらえるか？　ふたりの希望だ」

「そうしてもらえると、私も嬉しいです。得難い腹心ですから。御簾裁判の時もそばにいてくれて、とても頼もしかったです」

明啓は、少し困り顔になった。

「そばにいてやれずすまなかった。いや実はな、昨夜……芭郎という男と会っていた。斉照殿を、彼が直接訪ねてきてな。さすがに驚いた」

もしや、とは思っていたが、やはり八家との接触はあったようだ。

恐らく屋根から現れたのだろうから、明啓もさぞ驚いたことだろう。

「そう……でしたか。呉娘さんとは？」

「姿だけ見せて、彼女はすぐに帰った。話はしていない。……西護院での惨《むご》い扱いは、芭郎から聞いた」

呉娘が姿を見せたのは、虐待の証拠を見せるためだろう。あの姿は、どんな言葉よりもよく凄惨さが伝わる。

「どんな話をなさったのですか……？」

「俺は、芭郎と取引をした。あちらは石郎を止め、連れ戻したい。こちらは翠玉を守りたい。利害は一致した。裁判中に、彼らの助けはあったのだろう？」

「はい。助けられました。曹家の娘さんと、趙家の娘さんを、無傷で連れてきてくれたのです。……娘さんたちは強敵でしたが……趙家の娘さんの件は、芭郎さんがあの場に本人を連れてこなければ、到底看破できなかったでしょう」

率直な感想だ。彼らの助けがなければ、まだ趙家の娘は死んだことになったままだった。曹家の娘が回復していたことも、知らずにいただろう。

「呉娘の刑は、幽閉から国外追放に変更した。翠玉を守る作戦に協力することを条件にな。皇帝への呪詛は大罪だ。無罪とまでは言ってやれない。……芭郎も、本人が異能を二度と用いぬと約したのを、生涯見届けると誓ってくれた。――洪進には、俺から伝えておく」

「上皇様ならば、喜んでくださるような気がします」

「俺もそう思う」

洪進は、決して呉娘の不幸を望んではいなかった。傷つきやすい彼の心も、呉娘が新たな旅路についたと知れば、癒されるのではないだろうか。

「他には……なにか？」

恐る恐る、翠玉は尋ねた。

彼らの身体のことを、明啓は聞いたのではないだろうか。

それを聞いて、明啓はどう思ったろう。

聞きたいが、聞きたくない。

「あぁ、聞いた」

「……異能の話も……ですか？」

翠玉の不安は、明啓に気づかれてしまったようだ。

重なっていた明啓の手に、力がこもる。

「異能を解放させねば、まったくただの人と同じだ、と言っていた。貴女は力を御している。人として生涯をまっとうするのは容易いゆえ、安心してほしい、と」

その言葉は、芭郎の優しさだ。

翠玉の未来のために、残してくれた言葉なのだろう。

曹廷尉の文が呪いならば、この言葉は祝いだ。幸多かれ、と遠く離れたところで生きる同胞が、願ってくれている。

「そんなお話までなさっていたのですね……」

「そもそも、解放者は、人と子をなせないそうだ。一度、先祖返りのような状態になると、身体は大きく変化するらしい。それで――御簾裁判のやり取りは、すべて報告を受けていたのだが……貴女は、その――今……」

明啓が口ごもりつつ、翠玉の腹のあたりを見た。

（あぁ、曹廷尉が大声で言っていたんだったわ……詩英が情報を漏らしたせいで）

慎重に伝えるつもりだったが、それはもう叶わないようだ。

「……はい。あの……どうやら、身籠ったようです」

熱のせいで明啓の瞳は潤んでいる。――いや、涙を浮かべているのだ。

翠玉は「え？」と驚いて、口をぽかんと開けてしまった。

涙をこぼすほど喜んでくれるとは、思っていなかったのだ。

「世に、これほどの幸福があろうとは……」

「め、明啓様。お待ちください。まだ、わからぬのです。時期をおかねば、はっきり答えが出ないものでございまして……」

「俺の幸いは、貴女を妻にできたことだ」

明啓が、少し身体を起こした。

重ねていた手が一度離れ、その手が翠玉の頰を撫でる。

「落胆させてしまいそうで、怖いのです」

「些事ではないか。信用がないな。俺も、貴女も、わからぬものはわからぬ。天に委ねるしかない事柄ではないか。……身体を大切にしてほしい。願いは、それだけだ」

優しい言葉に、翠玉は笑みを浮かべる。

明啓の涙を、枕元の絹で拭った。

途端に、自分の頰の上を、涙がぽろぽろとこぼれていく。

「私……今まで幸せだと思うことができなくて……不安で……冷宮や西護院では、子供は守れないのではないかと……」

「翠玉……もう案ずるな。彼らの陰謀は潰えた」

「……はい」

「もう二度と、貴女の心を傷つけさせはしないと誓おう」

嵐は、去ったのだ。

明啓が頬の涙を拭う。その自分を見つめる瞳の優しさに、翠玉は凍えるほど強張っていた心が、温かく満たされるのを感じた。

穏やかな日常が戻ってくる。――少しだけ形を変えて。

やっと、この身に授かった命を喜ぶ気持ちが湧いてきた。

こみあげる喜びが、翠玉の頬に、柔らかな笑みを浮かべさせる。

「……授かっているとよいですね。私たちの子供が」

「あぁ、そうだな。天に祈ろう」

「けれど……少しだけ、不安なのです。八家の人と接して、はじめて知ったこともありましたから。……お聞きになりました？」

翠玉は、わずかに眉間に憂いをにじませた。

「あぁ。それで……先ほどの話の続きだ。解放者は人と子をなせないのだから、貴女は人の身体で身籠り、人の子を産むだけだ。なにも案じることはない。仮に異形だったとしても、だからどうだというのだ。皇帝に相応しくない、という者がいるならば、我ら家族で、どこぞに隠居でもすればいい」

なんと優しい言葉だろう。

この人が夫でよかった。恋と愛を捧げた人が、この人でよかった。そう心から思う。

翠玉は、またこぼれそうになった涙を袖で押さえる。

「私、とっても幸せです。明啓様」

「――俺も、幸せだ。たとえようもなく」

互いに見つめあい、微笑みあう。

やっと戻ってきた平穏だ。いつまでも酔っていたいところだが、そうもいかない。

「さ、ゆっくりお休みください。まずは身体を治していただきませんと」

腰を浮かせかけた翠玉は、

「翠玉。次の正月に、貴女の立后を考えている」

という明啓の言葉に、ぎょっとした。

「いけません。もうこりごりです。そんなことになったら、また、どこでどんな人が、私の廃位を企むかわかりませんもの」

「人は、勘違いしている。俺が、誑《たぶら》かされたの、騙されているのとさんざんだ」

「……そうですね。もう聞き飽きました」

「貴女は、俺の妻で、伴侶で、唯一の人だ。共に手を携えて生きていると、人の目にもわかるようにしたい」

「そうして手を携える様が、人の目には、暗君と悪女のように見えるのです」

翠玉は「よしましょう」と困り顔で言った。

立后に反対する者の言い分は、容赦のないものに違いない。曹廷尉や趙将軍と関わってよくわかった。

心に負った傷は、一生消えないだろう。

「違う。我らは愚かな恋に惑った者たちではない」

「……もう、傷つきたくないのです」

「傷つけぬためにこそ、必要ではないか。我らは夫婦なのだ。正しい形に収まろう」

「これまでも、正しく生きてきたつもりです。明啓様とて――いいえ、今はよしましょう。この話は、答えがでませんもの」

今度こそ、翠玉は腰を上げた。

こんな話をしていては、いつまでも明啓が休めない。

先ほどから、こちらの様子をうかがっている薬師も、まだ招けないでいる。

「後宮の妃嬪の行いは、外城には伝わらない。だが、皇后の行いは人に伝わる」

「それは……存じておりますが……」

明啓の言葉には、うなずくしかない。今の翠玉は、慈善活動を行う際、皇帝の名を借りていた。皇后になれば、それらを自分の名で行える。西護院を開いた皇后と同じように。

「これまでの貴女の行いは、皇后に相応しいものだった。今回の事件で、人は貴女がどれほど勇敢で、どれほど慈悲深いかを知っただろう。誰も反対などしない」

「……わかりました。考えてみます」

なんにせよ、今はそんな話はしたくない。

翠玉は、一礼して、

「貴女を、心から愛している」

明啓が、穏やかに言うのに、笑みを返した。

「私もです、明啓様。――さぁ、薬師を呼びますよ。お話は、熱が下がったあとにいたしましょう」

「毎日でも口説《くど》くぞ。改めて求婚だ」

「楽しみにしております」

「うなずかせてみせる」

「私は手ごわいですよ。親類の間では、頑固者で通っておりましたから」

寝室を出て、扉のところに待機していた薬師に「待たせてごめんなさい」と謝る。

いつぞや、翠玉が足を怪我した時に、手当をしてくれた薬師である。その薬師が頭を下げて「ご立后を心待ちにしております」と小声で言う。

扉の前にいた衛兵たちもそれに続き、近くにいた桜色の袍の女官たちまで同じことを言った。

世辞でも嬉しいものだ。

ありがとう、と礼を言って、斉照殿をあとにした。

月心殿が見える。

美しい殿だ。山吹色の瓦が、明るい陽射しを鮮やかに弾いている。

あの美しい殿に相応しい者であろう、と思ってきた。

斉照殿と対となる皇后の住まいに相応しい者。明啓の愛に相応しい者。

目指すところは、最初から同じだったのかもしれない。

（そのうち、根負けしそうだわ）

皇后になったとして――と考えても、そう日常に変化はない。

もう月心殿に住み、後宮の主ではあるのだから。

地位の魅力も十分にある。行える慈善活動の規模は大きくなり、西護院のような政治の目が届きにくい場所を気にする余裕もできる。

翠玉の皇后としての振る舞いが気に入らぬ、という者も出てくるかもしれない。だが、その時はその時だ。批判や意見は恐れるところではなかった。陰謀はご免こうむるが、こちらも泣き寝入りするつもりはない。

(乗り越えていける気がするわ。明日は、昨日とは別の日だもの)

先ほど明啓から聞いた時は仰天したが、今は少しだけ冷静になれる。

翠玉は、軽やかに斉照殿の階段を下りたのだった。

そして――その夜のことである。

石郎が、訪ねてきた。

なんとなく、そんな予感はしていたので、翠玉はあまり驚かなかった。

身籠った影響なのか、このところ勘のようなものがよく働く。

翠玉は、夕食のあとでひとり中庭に出ていた。そこへいきなり現れて、サッと翠玉を抱き上げるなり、屋根にひょいと跳び上がったのには仰天したが。

その時、翠玉が腹をかばったので、石郎が気づいた。

「身重なのか！　なんだ、先に言ってくれればいいものを」

「まだわからなかったんです。……今もわかりませんけれど」

「占いのとおりだな。さすが、江家の姫君だ」

そんなやり取りを経て、ふたりは屋根の上に並んで座った。

不思議な気分だ。この山吹色の瓦の上に座るのは、貴妃になるより稀な出来事ではないだろうか。

間近で見ても美しい瓦は、まだ昼間の熱を少しだけ残していて、温かい。

「悪かったな」

石郎は、小さくそう言った。呉娘と同じ、短い袍と袴を着ていた。やはり南の装束なのだろう。大きな耳飾りが、月明りの下で輝いている。

「思いとどまってくれて、ありがとうございました」

一穂と衛兵たちの活躍があったとはいえ、曹廷尉たちの回復は早かった。芭郎が鼠を使って蟲を運び去るより早く、石郎は呪詛を解除したのだろう、と翠玉は思っている。

曹家の件もだ。娘は昨日の深夜、兵士が蟲を掘り起こす直前に回復し、出てきた蟲は、鼠が運んでいったそうだ。こちらでも、石郎は約束を守ってくれたのだろう。

「礼はいらない。ここは北だ。南とは違う。……この国では、アタシの報復よりも、アンタと、アンタの亭主のやり方が正しいと思った。それだけだ」

「長く八家と共にあった南の国と、三家を滅ぼした康国では、報復の意味あいも違いますから。北の我らは、あまりに弱く、少なくなりすぎました」

光る目がこちらを見て「裁定者らしい言葉だ」と楽しそうに細められた。

それから、はぁ、と石郎はため息をつく。

「姉がいた。アタシの姉は、そこいらを治める領主の息子に見初められたんだ。でも、八家の娘だからって、さんざん反対されて……最後は、異形を恐れたそいつの親類に寄ってたかって殺された。あの人を愛してる。一緒に生きていく。姉はそう言ってたのに。……だから、アンタのことを放っておけなかったんだ」

「お気の毒に……」

翠玉は、眉を寄せた。痛ましい話だ。

ふ、と石郎が笑う。

「アンタに姉を重ねて、守ってやりたいと思った。極北の姜家で胸糞悪い話を聞いたら、いてもたってもいられなくなって、離宮まで行っていた。——それにしても、あの占いは見事だったな。感動したよ。遥か遠い北の国で、南では絶えた異能が守られてたんだから。惜しいな、本当に。アンタ……幸せか？」

「はい」

「それならいい。血の報復も、もう必要ないな。アンタの亭主は、なかなかの男だ」

石郎が明啓を認めたのが嬉しくて、翠玉は破顔する。

「私の夫は、立派な方ですよ。明君として、史書に名を刻むでしょう」

「勝手に言ってろ。惚気《のろけ》はいらん」

しっしっと石郎は、手で払う。

翠玉は、気にせず「きっとそうなります」と続けた。

「私、南のどこかに同胞が生きていると思うと心強いです。廟の父祖の霊にも、近々報告しておきます」

「……幸せに。不幸のうちに死んでいった異能の娘たちの分も、アンタは大いに幸せになってくれ」

「石郎さんも」

「そうだな、幸せに暮らすよ。さよなら、姫君。アンタみたいに、度胸のある女は好きなんだ。伴侶にしたかったのに。残念だ」

伴侶、という言葉を出されて、目をぱちくりさせる。南では、女同士でも家庭を持つ習慣があるのだろうか。

「私、夫がいます」

「知っている。大事にするといい。悔しいが、あれはいい男だ」

「そうでしょう？」

惚気はいらない、ともう一度石郎は言った。

しばらく、ふたりでそうして天錦城の屋根を眺めていた。

つまらない話や、互いの家族のこと。他愛のない話ばかりをした。

石郎は、南では有名な役者なのだそうだ。どうりで印象がコロコロ変わるわけだ、と翠玉は納得した。

芭郎は、貴重品専門の荷運びを生業《なりわい》としているという。獣を使った鉄壁の守りは盗賊を寄せつけず、大層評判がいいそうだ。

ちょうど彼の話をしている時に、芭郎が合流した。

芭郎も短い袍に袴姿で、精悍な彼にはよく似あっていた。

「諦めがついてよかったな、石郎。オレは陶家の女を口説くが、邪魔をするなよ」

「アンタみたいな朴念仁《ぼくねんじん》に負けるものか。アタシがあの子をうんと甘やかしてやる」

そんな言いあいをしたあと、ふたりは短い別れの言葉を口にした。

永劫《えいごう》の幸いを、と。

翠玉も、同じ言葉を返した。

寂しくはなかった。遠く二千里離れてはいても、どこかできっと繋がっている。

そっと庭に下ろされ、その途端に、彼らの姿は消えていた。

ただ、なにもない星空を見上げる。

あの屋根の上から見た風景を、生涯忘れはしないだろう。

そうして、二度と見ることはない。

人として生き、人として死んでいく。

すでに道を選んだ翠玉にとって、あの風景は、隔たりの向こう側のものだった。

曹廷尉による陰謀事件は、一穂の容赦ない取り調べにより、全容が明らかになった。御簾裁判に集まった高官たちには、ひとつの共通点があった。

全員に、年頃の娘がいたのである。

娘の入宮を望む野心家たちが、曹廷尉の振る旗の下に集まったのが、あの御簾裁判であったようだ。

また、西護院でも大鉈《おおなた》が振るわれた。

諜報官が、西護院における呉娘虐待の証拠をつかむべく調査したところ、横領の証拠が次々と白日の下に晒されたのである。

一部の尼僧たちは、翠玉が送っていた菓子を着服し、洪進が送った書画の類いも売りさばき、大きな額の金銭を手に入れていた。呉娘の告発は、事実を伝えていたのだ。

その炙り出しは、事件に関与した尼僧の体型が他と明らかに異なるため、容易であったそうである。虐待と横領の罪により、一部の尼僧が処罰されるにいたった。

そちらは一夜のうちに暴かれたが、寵姫追放計画では、丁寧な聞き取りが行われ、急転直下の展開とはいかなかった。

処分の決定まで、事件から二ヶ月を要している。偶然ながら、それは周《しゅう》太后の出産の当日に公表された。この時は、もう呪詛の噂を流す者はいなかったそうだ。

——曹廷尉は、庶人に落とされた。

趙将軍は謹慎処分となったが職を辞し、隠居の道を選んだ。

「寺院で棺に隠れていた趙家の娘御は、御簾裁判が終わった頃に蘇生《そせい》する、という筋書きだったそうです。ひどい筋ですわ！」

一穂は、明らかになった荒い筋書きに大層立腹していた。

陰謀に関する一連の報告で、もっとも意外に思ったのは、これらの作戦の主導が、両親ではなく娘たちだったことだ。

曹家の娘が発案し、それに趙家の娘も乗ったそうだ。もともと両家が親しかったこともあり、陰謀は着々と準備されていったという。

あの呪いの文も、廷尉夫人ではなく娘の筆であった。

離宮で受け取った名札に書かれた文字も、娘が代筆していたそうだ。

「上皇様の御代《みよ》、まだ皇弟だった頃の陛下に舞いこんだ縁談の中に、曹家と趙家の娘御も名を連ねていたそうです。陛下は軒並み断って、翠玉様をお選びになったでしょう？　それで逆恨みをなさったようです」

石郎が曹家の娘を真っ先に狙ったのも、理由があったようだ。

八家の情報収集能力には、一穂も翠玉も、舌を巻かざるを得なかった。

曹廷尉と趙将軍の妻子たちは、そろって西護院に送られた。その頃には西護院の浄化も進んでおり、食事は正しく配分されるようになっていたという。

御簾裁判の出席者は、ほとんどが多少の減俸処分にとどまった。彼らの多くは自身の愚行を恥じていたそうだ。

曹廷尉に内通した詩英も、涙ながらに詫びていた、と聞いている。彼女は裁判の翌日に後宮を去り、実家へと戻っていった。

陰謀の首謀者に対し、罰が軽い、死刑を、との声も聞こえたが、明啓は死者を出すことを好まなかった。妻が救った命を、夫が奪うわけにはいかない、と。

――では、誰が呪詛を行ったのか？

曹家の娘も、廷尉夫妻と将軍夫妻も、呪詛に苦しんだ。

それでいて、曹家の邸でも、天錦城の外城でも、呪詛の蟲は消えている。

呪詛は、三家の者しか使えないのではなかったのか？

それらの疑問は最終的に、以下のような憶測へと変わっていった。

もしやこれは、西護院で虐待を受けた――死んだものとされている――呉娘の怨霊による報復だったのではないか？　と。

相手は怨霊だ。真相など、誰にも確かめようがない。

憶測は、いつしか事実のように語られるようになっていった。

怨霊を鎮めたのは、皇帝の徳と江貴妃の知恵であった――とも。

こうして陰謀の幕は下ろされたものの、再発防止は重要な課題である。

江貴妃の立后を、との声は事件の終わった頃から、ちらほらと上がっていた。

いつまでも皇后の座を空けておくのは都合が悪い。

翠玉が、この事件の解決に力を尽くしたこともあり、その声は外城でも次第に大きくなっていった。

跋　糸の彩り

漢典七年の末。

郊廟での参拝を明日に控え、宋《そう》家の面々は離宮に集まっていた。

姜《きょう》太妃の体調も秋頃には回復しており、皇女もすくすくと育っている。

明啓《めいけい》と洪進《こうしん》は、互いの子に同等の扱いをすると決めているため、姜太妃の産んだ娘は第一皇女となった。字は、菫娘《とうじょう》。

周《しゅう》太妃が産んだのが、第二皇女だ。字は鴻貴《こうき》。

それぞれの字は、母親たちが後宮にいた頃に住まっていた、殿の名にちなんでいる。

「宋家の発展と、家族の無病息災を祈って」

洪進が杯をかかげ、皆が続く。

一年に一度くらいは家族で食事をしたい、と言ってこの場を設けたのは洪進だ。

翠玉《すいぎょく》は、春の出産を離宮で迎えることを決めており、天錦城《てんきんじょう》から移動してきたばかりである。そこに明啓も招き、ひとつの卓を囲むことになったのだ。

一時は体調を崩していた洪進も、今はすっかり回復している。

「そういえば、呉娘《ごじょう》から文がきた」

洪進が、明啓と翠玉の顔を、順に見て言った。

「文は、私宛てに届いたのですよ。あの方、存外気がききますね」

周太后は、ふふ、と笑っていた。

そのあたりの機転はきくのだろう。かつて呉娘は、入宮を目的とした教育を、徐《じょ》家で受けている。

「石郎《せきろう》という男と暮らしているそうだ。大いに菓子をくれるし、美しい着物や髪飾りも惜しみなく贈ってくれる、と惚気ていたぞ」

石郎は女だが、呉娘が説明を省いたのならば、こちらが補足する必要もないだろう。翠玉は、あえて洪進の誤解をそのままにしておいた。

手紙に書かれた様子が目に浮かぶ。

呉娘が無邪気に贈り物に喜び、石郎が明るく笑みながら見守る様が。

姉妹のように暮らしているのか、石郎が芭郎《ばろう》との闘いに勝ち、よき伴侶を得たのかはわからない。ただ、彼女たちの幸せを祈るばかりだ。

「反省の弁と、二度と異能は使わぬ、と誓いの言葉も添えられていましたよ」

周太后は、呉娘に含むところはないらしい。弁護するように、一言を加えていた。

「私のところにも、呉娘さんから文が届いています」

懐から、姜太妃が文を出す。

「あら、そうだったの」

「護符も入ってましたの。いち早く後継ぎに恵まれる護符、だそうでございますよ」

笑いながら、ひらりと姜太妃が見せれば、周太后が「まぁ、貴女にも？」と驚いて、同じ護符を懐から出した。

そこで翠玉も「私のところにも」と先月届いた護符を見せれば、笑いが起きた。

周太后は「なんて可愛げのない！」と憤慨していた。姜太妃は「担がれましたね」ところころ笑っていた。

翠玉も笑って、明啓と顔を見あわせた。

護符に書かれた文字は、翠玉にも読めない。先日、李花《りか》に解読を頼んだところ、『子孫の口に入れる米が絶えぬよう』と書かれていたそうだ。

それを伝えると、今度は周太后も笑っていた。

食事を終え、明啓とふたりで東翼殿《とうよくでん》に戻る。

「寒くはないか？」

「大丈夫です」

池には、薄く氷が張っていた。

ここに来るのは夏以来で、風景の変化を見つけるのも楽しいものだ。

客間の長椅子に座り、明啓が茶を淹れるのを、隣で待つ。

火鉢の近くで丸くなった墨黒《すみくろ》は、芭郎が去っても翠玉のそばを離れない。

「身体は大事にしてくれ。……あぁ、そういえば、文が届いていると一穂《いちほ》が言っていなかったか？」

「あぁ、そうでした」

卓の上に、文箱が置いてある。

蓋を開けて中を見れば、伯父からの文だ。

「なんの報せだ？」

「まぁ！　明啓様！　子欽《しきん》が、国試に受かったそうです！」

「そうか！　それはめでたいな」

「よかった……本当によかった！」

翠玉は、文を胸に抱いて涙をこぼした。

来る日も来る日も勉学に励み、誰より努力してきた弟が、ついに自力で合格をつかんだのだ。

「天錦城に戻ったら、斉照殿《せいしょうでん》に招いて食事でもしよう。大いに祝わねば」

「はい。直接、労いの言葉をかけたいです。よく頑張ってくれました」

涙を押さえ、翠玉はしばし喜びに浸った。

離宮での出産を終え、後宮に戻ったあとの話だ。ずいぶん先にはなるが、もう楽しみでしかたない。

「次の難関は、貴女の出産だな。明日、父祖の霊に祈らねば」

「いいえ。まだ別の難関がございます。私のところに、毎日毎日、陳情《ちんじょう》が参りますから。——例の件で」

出された茶をひと口飲んで、翠玉は明啓の顔をのぞきこむ。

——新たな妃嬪を。

その声は、まだ収まっていない。御簾裁判事件によって、入宮候補者が軒並み消えたにもかかわらず、話は次々と舞いこんでくる。年頃の娘の多さは国の豊かさの証しとはいえ、さすがに数が多すぎた。

先の事件の反省を踏まえ、まずは翠玉の許可を取ろうと、皆が必死だ。

「貴女は、それを望むのか？」

「まさか！　もちろん、丁重にお断りしています。でも、一言、明啓様からもおしゃってくださいませ。このままでは私、国中の人に嫉妬深い女だと思われてしまいます」

明啓は、新たな妃嬪を望んでいない。

断るのは翠玉の務めだとは思うが、あまりに毎日続くので、明啓から一言言ってくれれば、この労も省けるのではと思うようになった。

「……貴女以外を愛せない」

「存じております。疑いなどしていません」

「この際だから、貴女には伝えておく。俺は女性が苦手なのだ。身の回りのことも、すべて宦官に任せている」

茶を飲みつつの告白に、翠玉は目をぱちくりとさせた。

「それは……存じませんでした」

最初、それが夫の優しい嘘だと思ったのだが。

「知っているのは、弟くらいだ。……触れられない。だから、俺は皇帝になるべき男ではなかったのだ。次代の血を繋ぐのも、務めのうちだからな」

これは、冗談でも方便でもない、夫の真剣な告白であるらしい。

そうと察した翠玉は、しかし首を傾げた。

「まったく気づきませんでした……私は、平気なのですか？」

「気づかなくて当然だ。いつもこうして、触れあっているのだから。不思議なもので、貴女だけは特別なのだ」

出会った頃から、何度も自然に触れあっていたので、女性が苦手などとは、まったく思いもしていなかった。

「本当に？　つらくはないのですか？」

「あぁ。まったくつらくはない。愛の力は偉大だな」

「そう……だったのですね」

皇帝の長男として生まれ、一族は後継者不足に悩んでいる。そんな中、自分の力ではいかんともしがたい特性を抱えた明啓は、孤独だったのではないだろうか。

翠玉は、胸に痛みを覚えた。

「父の後宮には、多くの妃嬪がいた。中には、入宮した途端に、気に入らぬというだけで冷宮送りにされた者もいたそうだ」

「……申し訳ありません。つらい話を……」

手に持っていた茶器を卓に置き、翠玉は明啓の手に自分の手を重ねた。

墨黒が、ふたりの間に入ってくる。

明啓も、墨黒のことは気に入っている様子で、小さく笑んでいた。

「いや、この際だ、聞いてくれ。父の妃嬪集めを諫《いさ》める者も、外城にはいなかった。それが皇帝の正しい姿ならば、やはり俺は皇帝にはなれぬと思っていた。父が亡くなった時も、喜んで弟に皇位を譲った。洪進が出家をすると言いだした時は、自分も出家せねばならないかと思ったくらいだ。人として、自分は不完全だと思っていた。国を背負うべきではないと――」

「そんなことはありません！　あ、ごめんなさい、お話を遮って」

明啓は「ありがとう」と優しく言ってから、話を続けた。

「俺は、貴女がいたから、皇帝になる決意ができた。貴女の存在は重い。唯一で、無二だ。貴女以外の新たな妃嬪は迎えられない。……父のようにはなりたくないのだ。貴女も、どうか諦めてくれ」

そんな告白をされては、こちらも腹をくくるしかない。

「……その理由では、明かせませんね」

「できれば、明かしたくない」

「明かさせません。明啓様のお心は、守られるべきですもの。……嫉妬深い、という汚名は喜んで引き受けましょう」

「いや、俺が貴女以外に目に入らぬ、と言っておこう。事実だ」

「こちらも事実ですもの。私、本当に嫉妬深いんです」

明啓は笑いながら、翠玉の額に口づけをした。

幸せだ、と翠玉は思った。

愛する夫と、穏やかな日々を送る。これ以上の幸せはない。

「あとは、明日の答えを待つばかりだな」

郊廟での参拝において、供える線香の入った箱には位階が記される。立后の要望が通れば、明啓が身重の翠玉に代わって受け取る香箱には、江《こう》皇后、と記されているはずだ。

まだ、答えはわからない。

「──あ……今、動きました。蹴っています」

翠玉は、腹の上のあたりに触れた。

「元気な子だ。男子だろうか」

「九人産んだ張太太《ちょうおくさん》は、よく腹を蹴るのは女子だと言っておりました」

「そうか。……どちらでも構わない。健やかなのがなによりだ」

そう言って、またふたりは微笑みあう。

ふと思い出す。

石郎が華々《かか》と名乗って、この離宮を訪ねてきた時のことだ。

あの時の占いは、翠玉の未来を示していた。

暖かく、美しい珊瑚色。

占いどおり、翠玉は懐妊し、穏やかな暮らしを得た。

「占いに、出たとおりの未来を得ました」

「では、占師殿。明日の香箱に書かれた文字も占えるか？」

「占いはいらないでしょう。どんな結果でも受け入れますから。……私は、明啓様の唯一の妻ですもの」

翠玉は、柔らかく笑んで、そう答えた。

だが──答えは見えているような気がする。

珊瑚色は、家族や親しいものを示す色だ。
そして、母たる者の寛容を示す色でもある。
皇帝が父ならば、皇后は母。
今、占ったとしても、同じ色が現れるだろう。そんな予感がある。
翠玉の未来を示す――暖かく、そして慕わしい珊瑚色が。

完

あとがき

こんにちは、喜咲冬子《きさきとうこ》です。

『後宮の寵姫は七彩の占師』二巻をお手に取っていただき、まことにありがとうございます。

思いがけずの二巻。一巻をお買い上げくださった皆様のお陰です。ありがとうございました！　思いがけず、が続きますが、ゼロサムオンライン（一迅社）さんでのコミカライズも決定しております。びっくりです。

二巻は、翠玉の結婚から一年、というタイミングでの物語になりました。

当初一巻のラストは、皇弟となった明啓が、翠玉に求婚に来る、というものでした。変更指示があって、明啓を皇帝にするために「洪進を殺しましょう」となったので、慌てて「出家でなんとかならないでしょうか？」と交渉し、洪進は死なずに済みました。よかったです。

洪進は、今後も離宮でのんびりと暮らしてくれたらいいなと思います。いろいろ大変だったので、長生きしてほしいですね。

洪進が亡くなると、奥さん方も寺送りになってしまいますし。彼女たちを二巻で書けてよかったです。出産育児が落ちついたら、彼女たちの存在感も大きくなっていくでしょう。したたかに長生きしてもらいたいです。

もちろん、メインのふたりも。

なにかと世間の注目を浴びる、ロイヤルウエディング。

明啓と翠玉も、様々な困難に立ち向かいました。

この先、ふたりの心が守られることを祈っています。

最後までおつきあいくださった皆様に、改めて御礼申し上げます。

また、一巻に続きイラストを担当していただいた、さばるどろ先生。お世話になりました。

書籍が出るまでに関わってくださったすべての皆様に、心から御礼申し上げ、結びとさせていただきます。

また、いつかどこかで会えますよう！

喜咲冬子

この物語はフィクションです。実在の人物、団体等とは一切関係がありません。

喜咲冬子先生へのファンレターのあて先
〒104-0031　東京都中央区京橋1-3-1　八重洲口大栄ビル7F
スターツ出版（株）書籍編集部 気付
喜咲冬子先生

後宮の寵姫は七彩の占師
～月心殿の貴妃～

2022年1月28日　初版第１刷発行

著　者　　喜咲冬子　

発 行 人　菊地修一
デザイン　カバー　北國ヤヨイ（ucai）
　　　　　フォーマット　西村弘美
発 行 所　スターツ出版株式会社
　　　　　〒104-0031
　　　　　東京都中央区京橋1-3-1　八重洲口大栄ビル7F
　　　　　出版マーケティンググループ　TEL 03-6202-0386
　　　　　（ご注文等に関するお問い合わせ）
　　　　　URL　https://starts-pub.jp/
印 刷 所　大日本印刷株式会社

Printed in Japan

ISBN　978-4-8137-1211-4　C0193

スターツ出版文庫　好評発売中!!

『僕を残して、君のいない春がくる』　此見《このみ》えこ・著

顔の傷を隠すうち、本当の自分を偽るようになった晴は、ずっと眠りつづけてしまう難病を抱えるみのりと出会う。ある秘密をみのりに知られてしまったせいで、口止め料として彼女の「普通の高校生になりたい」という願いを叶える手伝いをすることに。眠りと戦いながらもありのままに生きる彼女と過ごすうち、晴も自分を偽るのをやめて、小さな夢を見つける。しかし、冬を迎えみのりの眠りは徐々に長くなり…。目覚めぬ彼女の最後の願いを叶えようと、晴はある場所に向かうが──。

ISBN978-4-8137-1181-0／定価660円（本体600円+税10%）

『笑っていたい、君がいるこの世界で』　麻沢《あさざわ》 奏《かな》・著

中学３年のときに不登校になった美尋は、ゲームの推しキャラ・アラタを心の支えに、高校へ入学。同じクラスには、なんと推しとそっくりな男子・坂木新がいた──。戸惑っているうちに、彼とふたり図書委員を担当することに。一緒に過ごすうちに美尋は少しずつ心がほぐれていくも、トラウマを彷彿させることが起きてしまい…。周りを気にしすぎてしまう美尋に対し、まっすぐに向き合い、美尋の長所に気付いてくれる新。気付けば唯一の支えだった推しの言葉より、新の言葉が美尋の心を強く動かすようになっていき…。

ISBN978-4-8137-1182-7／定価638円（本体580円+税10%）

『夜叉の鬼神と身籠り政略結婚三～夜叉姫は生贄花嫁～』　沖《おき》田《た》弥《や》子《こ》・著

あかりと鬼神・柊夜の間に産まれ、夜叉姫として成長した長女・凜。両親に愛されつつも、現世での夜叉姫という立場に孤独を抱えていた。まもなく二十歳となる凜は、生贄花嫁としてその身を鬼神に捧げる運命が決まっていて…。「約束通り迎えに来た、俺の花嫁」──。颯爽と現れたのは異国の王子様のような容姿端麗な鬼神・春馬だった。政略結婚の条件として必ず世継が欲しいと春馬に告げられる。神世と現世の和平のためと、経験のない凜は戸惑いながらも、子を作ることを受け入れるが…。

ISBN978-4-8137-1183-4／定価671円（本体610円+税10%）

『遊郭の花嫁』　小春《こはる》りん・著

薄紅色の瞳を持つことから疎まれて育った吉乃。多額の金銭と引き換えに売られた先は、あやかしが“花嫁探し”のために訪れる特別な遊郭だった。「ずっと探していた、俺の花嫁」そう言って吉乃の前に現れたのは、吉原の頂点に立つ神様・咲耶。彼は、吉乃の涙には“惚れ薬”の異能があると見抜く。それは遊郭で天下を取れることを意味していたが、遊女や妖に命を狙われてしまい…。そんな吉乃を咲耶は守り抜くと誓ってくれて──。架空の遊郭を舞台にした、和風シンデレラファンタジー。

ISBN978-4-8137-1180-3／定価693円（本体630円+税10%）

スターツ出版文庫　好評発売中!!

『交換ウソ日記3～ふたりのノート～』　櫻《さくら》いいよ・著

周りに流されやすい美久と、読書とひとりを好む景は、幼馴染。そして、元恋人でもある。だが高校では全くの疎遠だ。ある日、景は自分を名指しで「大嫌い」と書かれたノートを図書室で見つける。見知らぬ誰かに全否定され、たまらずノートに返事を書いた景。一方美久は、自分の落としたノートに返事をくれた誰かに興味を抱き、不思議な交換日記が始まるが…その相手が誰か気づいてしまい⁉ふたりは正体を偽ったままお互いの気持ちを探ろうとする。しかしそこには思いもしなかった本音が隠されていて──。

ISBN978-4-8137-1168-1／定価715円（本体650円+税10%）

『月夜に、散りゆく君と最後の恋をした』　木村《きむら》 咲《さき》・著

花屋の息子で嗅覚が人より鋭い明日太は同級生の無愛想美人・莉愛のことが気になっている。彼女から微かに花の香りがするからだ。しかし、その香りのワケは、彼女が患っている奇病・花化病のせいだった。花が好きな莉愛は明日太の花屋に通うようになりふたりは惹かれ合うが…臓器に花の根がはり体を蝕んでいくその病気は、彼女の余命を刻一刻と奪っていた。──無力で情けない僕だけど、「君だけは全力で守る」だから、生きて欲しい──そして命尽きる前、明日太は莉愛とある最後の約束をする。

ISBN978-4-8137-1167-4／定価638円（本体580円+税10%）

『鬼の生贄花嫁と甘い契りを』　湊《みなと》 祥《しょう》・著

赤い瞳を持って生まれ、幼いころから家族に虐げられ育った凛。あることがきっかけで不運にも凛は鬼が好む珍しい血を持つことが発覚する。そして生贄花嫁となり、鬼に血を吸われ命を終えると諦めていた凛だったが、颯爽と迎えに現れた鬼・伊吹はひと目で心奪われるほどに見目麗しく色気のある男性だった。「俺の大切な花嫁だ。丁重に扱え」伊吹はありのままの凛を溺愛し、血を吸う代わりに毎日甘い口づけをしてくれる。凛の凍てついた心は少しずつ溶け、伊吹の花嫁として居場所を見つけていき…。

ISBN978-4-8137-1169-8／定価671円（本体610円+税10%）

『大正ロマン政略婚姻譚』　朝比奈希夜《あさひなきよ》・著

時は大正十年。没落華族令嬢の郁子は、吉原へ売り渡されそうなところを偶然居合わせた紡績会社御曹司・敏正に助けられる。『なぜ私にそこまでしてくれるの…』と不思議に思う郁子だったが、事業拡大を狙う敏正に「俺と結婚しよう」と政略結婚を持ちかけられ…。突然の提案に郁子は戸惑いながらも受け入れる。お互いの利益のためだけに選んだ愛のない結婚のはずが、敏正の独占欲で過保護に愛されて…。甘い言葉をかけてくれる敏正に郁子は次第に惹かれていく。限定書き下ろし番外編付き。

ISBN978-4-8137-1170-4／定価682円（本体620円+税10%）

スターツ出版文庫　好評発売中!!

『30日後に死ぬ僕が、君に恋なんてしないはずだった』　茉《ま》白《しろ》いと・著

難病を患い、余命わずかな呉野は、生きることを諦め日々を過ごしていた。ある日、クラスの明るい美少女・吉瀬もまた“夕方の記憶だけが消える”難病を抱えていると知る。病を抱えながらも前向きな吉瀬と過ごすうち、どうしようもなく彼女に惹かれていく呉野。「君の夕方を僕にくれないか」夕暮れを好きになれない彼女のため、余命のことは隠したまま、夕方だけの不思議な交流を始めるが——。しかし非情にも、病は呉野の体を蝕んでいき…。

ISBN978-4-8137-1154-4／定価649円（本体590円+税10%）

『明日の世界が君に優しくありますように』　汐《しお》見《み》夏《なつ》衛《え》・著

あることがきっかけで家族も友達も信じられず、高校進学を機に祖父母の家に引っ越してきた真波。けれど、祖父母や同級生・漣の優しさにも苛立ち、なにもかもうまくいかない。そんなある日、父親と言い争いになり、自暴自棄になる真波に漣は裏表なくまっすぐ向き合ってくれ…。真波は彼に今まで秘めていたすべての思いを打ち明ける。真波が少しずつ前に踏み出し始めた矢先、あることがきっかけで漣が別人のようにふさぎ込んでしまい…。真波は漣のために奔走するけれど、実は彼は過去にある後悔を抱えていた——。

ISBN978-4-8137-1157-5／定価726円（本体660円+税10%）

『鬼の花嫁四～前世から繋がる縁～』　クレハ・著

玲夜からとどまることなく溺愛を注がれる鬼の花嫁・柚子。そんなある日、龍の加護で神力が強まった柚子の前に、最強の鬼・玲夜をも脅かす力を持つ謎の男が現れる。そして、求婚に応じなければ命を狙うと脅されて…!?「俺の花嫁は誰にも渡さない」と玲夜に死守されつつ、柚子は全力で立ち向かう。そこには龍のみが知る、過去の因縁が隠されていた…。あやかしと人間の和風恋愛ファンタジー第四弾！

ISBN978-4-8137-1156-8／定価682円（本体620円+税10%）

『鬼上司の土方さんとひとつ屋根の下』　真《ま》彩《あや》-mahya-・著

学生寮で住み込みで働く美晴は、嵐の夜、裏庭に倒れている美男を保護する。刀を腰に差し、水色に白いギザギザ模様の羽織姿…その男は、幕末からタイムスリップしてきた新選組副長・土方歳三だった！　寮で働くことになった土方は、持ち前の統制力で学生を瞬く間に束ねてしまう。しかし、住まいに困る土方は美晴と同居すると言い出して…!?　ひとつ屋根の下、いきなり美晴に壁ドンしたかと思えば、「現代では、好きな女にこうするんだろ？」——そんな危なっかしくも強くて優しい土方に恋愛経験の無い美晴はドキドキの毎日で…!?

ISBN978-4-8137-1155-1／定価704円（本体640円+税10%）

書店店頭にご希望の本がない場合は、書店にてご注文いただけます。